YO NUNCA

Iván Núñez Espinosa

Impresión y editorial: BoD – Books on Demand

info@bod.com.es - www.bod.com.es

Impreso en Alemania – Printed in Germany

ISBN: 9788411230438

Antes que escritor Iván es un amigo, un compañero de aventuras. Más allá de mi pequeña contribución a esta historia me gustaría dejar constancia de la satisfacción e ilusión que me produce ver su publicación. La vocación suele entenderse a priori, de forma que aquel del que se dice que tiene vocación es aquel que cree ser bueno, y por supuesto feliz, cuando desempeña determinado oficio, actividad o deporte. Con frecuencia esta noción común nos hace olvidar que la vocación también se construye, pudiendo ser fruto del hábito y la constancia. A esta búsqueda permanente se refirió Aristóteles con su famosa cita "seamos con nuestras vidas como arqueros que tienen un blanco". Así pues, en el caso de Iván Núñez Espinosa, diría, desde la amistad que nos une, que él pertenece a esta segunda clasificación. *Yo Nunca* es una historia de las pasiones que atraviesan toda adolescencia, y más o menos actual, demuestra la universalidad de la condición humana. Los tiempos cambian, nuevos objetos se inventan, pero nosotros los humanos seguimos dentro de las mismas coordenadas.

La temática de este pequeño cuento es amplia y ambigua, pero si hay un motor primero para la acción es clara y evidentemente el popular juego de beber en el que todos hemos participado alguna vez, el "yo nunca". Consiste en hacer una proposición comprometida y polémica acerca de la vida personal, si algún participante reconoce haber hecho, dicho o pensado lo que el ponente pregunta, bebe dejándose en evidencia ante los demás; el chiste del juego está precisamente en la ruptura de las normas que rigen la vida social, en la *epopteia* propia de cualquier celebración a Baco. El "yo nunca" ha marcado y perfilado toda nuestra juventud, por eso se le alza aquí un coloso, una estatua móvil, un monumento conmemorativo al espíritu de la vida joven.

Otras intenciones comunicativas pueden haber escapado de la mente del autor, pero el deseo puro siempre fue el de llevar este magnífico juego a su categoría ideal, a los libros. Cualquier complicación conceptual degradaría este principio. El "yo nunca" nos es suficiente por sí mismo.

En la obra se reconoce un equilibrio argumental notable, ésta se desarrolla en unidad temática de tiempo y espacio, lo que le confiere el peso específico buscado ya en el teatro clásico, recuperado aquí, sin duda, de manera consciente. Una sola casa, una sola noche. Es interesante abordar consideraciones en relación a lo teatral, dado que la naturaleza de esta historia se halla a medio camino entre el género narrativo y el género dramático. Existen además numerosos elementos retóricos que aportan al conjunto del texto un carácter destacadamente formalista, acaso la característica más notable de esta pequeña novela; hacer figurar deliberadamente un planteamiento inicial, referir fórmulas retóricas o apelar indirectamente a una supuesta consciencia del lector (emancipado del argumento) a través de la ironía son rasgos que ponen a este texto en el sitio que le corresponde, que reivindican y reconocen la historia en tanto que ficción pretendida y buscada. Esta tendencia al formalismo, como decía, al reconocimiento de una ficción que no se quiere hacer pasar por real, está ideada precisamente para evitar todos los recursos literarios facilones, todas las fórmulas narrativas poco sofisticadas y en muchos casos algo pretenciosas que han buscado sin éxito potenciar la ficcionalidad con vagas figuraciones y modelos ya muy quemados, y que tanto empobrecen la expresión artística... *Yo nunca* es una ficción y no otra cosa. Lo que se puede considerar un éxito en el posicionamiento de autor, obra y lector en las relaciones de representación literarias, es quizás más interesante en un sentido cómico: al fin y al cabo, *Yo nunca* es la comedia de la mediocridad espiritual y la sublime belleza de la juventud, y, al modo de los festivales de teatro atenienses, consigue situar su propia voz narrativa en la ambivalencia de la acción interna y la participación de su público. Sin duda, una gran sutileza.

Se trata de una narración llena de movimiento, trabajada, aunque ligera, en parte por su marcada direccionalidad: la noche se desarrolla en toda su dimensión para después decaer dejando paso al amanecer, la negación dionisíaca estalla para caer finalmente ante la redención apolínea, la progresiva ebriedad transforma a sus víctimas hasta que la realidad vuelve a reclamarlas, tanto a través del fracaso de las patrañas amorosas como mediante el estallido de las luchas políticas ciudadanas... Posee, en fin, un gran dinamismo porque toda la narración se orienta hacia un clímax final.

Curiosamente, todo este movimiento queda concentrado en una ubicación fija, las salas del palacio; otro rasgo heterogéneo sería la disposición de un final abierto formal y conceptualmente.

Digresiones aparte *Yo Nunca* es viento fresco, una picaresca trama donde se entremezclan otros temas como el amor de juventud y los tortuosos caminos que éste acostumbra a seguir, encarnado en personajes como Girolamo Acciaiuoli y Ada Gokcin, o Bieito y Olivia Dietislavi, pero sin duda también en Sabina y Arnolfo Rucellai. El jolgorio nocturno que tendrá lugar en casa del gobernador, donde se ha organizado una deliciosa velada llena de lujo, de sensualidad, de libertinaje hará que las tensiones más recónditas de las almas de estos jóvenes afloren. Ese velo de las apariencias al que acostumbramos en toda reunión social se romperá mostrando los más inusitados secretos. Don Abelardo, el joven árabe, será el maestro de ceremonias, el encargado de manejar la batuta en una singular noche donde nadie saldrá siendo el mismo. Se recomienda ser apreciativo y prevenirse ante la catarsis que se va a experimentar esta noche.

Un ambiente sugestivo se crea a partir de un registro de idealidad considerable, de elocuentes caracterizaciones, hermosas expresiones y desafiantes contradicciones. Hombría y feminidad, elocuencia y discreción, progreso y tradición, fidelidad y libertinaje, amor y desamor, configuran las apretadas relaciones sociales de estos muchachos, el verdadero corazón de este sistema, siempre modelados según el baile de la dualidad platónica, en la lucha dentro de la unidad... Dentro de la desenvoltura de Abelardo y Azucena, que son tal para cual, se reconoce la fuerte determinación por alcanzar una vida modélica y virtuosa; del comportamiento diligente de los varones se extrae la necesaria violencia que los mueve en muchos casos, y en el cortejo insolente de Isidoro hacia Ada, la esposa del gobernador, se aprecia en los ojos de ambos una suspendida ternura, un anhelo maravilloso.

No puede dejar de notarse, en definitiva, cierta influencia de los clásicos en las páginas que componen *Yo Nunca*. Nos encontramos ante una obra ambiciosa, donde mediante una elaborada prosa Iván Núñez Espinosa consigue trasladarnos a la Italia renacentista en pleno siglo XXI, sin timidez en sus imprecisiones históricas. Su mérito consiste en la habilidad para elaborar esta operación proyectando la Florencia del siglo XV, sus edificios, sus habitantes, su ambiente, sin perder un ápice de actualidad con su generación. En calidad de lector de esta obra, puedo afirmar que la historia que aquí tiene lugar es de interés universal, al menos así lo es el tema que trata.

Estamos, pues, ante muchas cosas y una sola. Una seductora historia que no deja indiferente. Es preciso, con el arrojo que muchas veces nos falta, embarcarse en esta aventura hasta el final.

Álvaro de Artaza Prieto, Helsinki, a 26 de abril de 202

I

–Con esta humilde botella, de por sí, convencional, ya que no dispone más que de vidrio, tapón y rosca, además de la etiqueta de la fábrica, os voy a proporcionar un asequible pasatiempo en esta sala donde estamos. No hay truco, ni engaño o cortina de humo… ¡Ni mal haberlo debiera! Pues, ¿con qué motivación os iba yo a confundir el pensamiento y el juicio? No… Esto no es desierto para espejismos, ¡por Dios! No tengo para vosotros y para mí mismo más que intenciones aviesas; seréis para mí como Susana en el jardín de los viejos que vamos a recrear dentro de estas cuatro paredes. ¡Pues fijaos qué maravilla! Que este juego que os propongo, lejos de ser mera chanza o comidilla, se parece más a un ritual, una purga o algo semejante: los secretos, las perversiones, las intimidades… ¡Se revelarán! Y, evidentemente, la bebida os hará muy bien sabidos de una cuestión curiosa, que hoy entráis en esta casa aristocrática con ciertos amigos, pero bien saldréis con otros… Bueno, en realidad serán ellos mismos, pero, al mismo tiempo, no… Serán vuestros amigos en su categoría ideal (o algo así), impelidos hacia una relación de representación por la que, siendo ellos mismos, serán también otros. Sí, vosotros. Pero, en fin, sentaos a mi alrededor no sin antes darme sombreros, gorros y capas, y usadme como ordenanza que organice las diversiones públicas, por supuesto… Cras a la mañana estaba yendo para trabajar. Ahora me toca entreteneros. La noche está lista a mi parecer, teniendo en cuenta que hay muchísimas estrellas a la vista, ¡como para no contarlas! En definitiva, ved, que termine de fumar para poder empezar con este… grosero ajedrez de borrachos. Sabed bien, que como peones míos vais a hacer lo que os diga; frío está el licor y, aunque es malo, a caballo regalado el diente no le miréis.

De esta manera Abelardo Pazzi, joven ciudadano de la república, de origen árabe y barba negra, de ricas ropas y el andar altanero de la juventud, inclinado a las ciencias y aficionado al cortejo de mujeres, cuyo padre amasó una notable fortuna con la banca y el comercio tras haber huido de los crímenes del Levante mediterráneo, y cuya santa madre encarna un modelo de piadosa virtud a la vez que recibe la pensión propia de las viudas, introdujo a los presentes a un juego nuevo.

—Y, por cierto, ¿qué hora es? —interrumpió Bieito, quien se sentaba a su izquierda—. Si ellas no nos han mentido, según nos hubieron dicho, deben estar al caer. Temo que no lleguen a su hora, como siempre…

—Esto llego yo a saber y por ellas no me apuro —comentaba Mulvio, del otro lado—. ¡Con la prisa por venir he olvidado el vino! Menos mal que, como camarada generoso y hombre consciente, sí que reparé en los puros.

—¿De qué nos van a servir si ellas tosen con el humo?

—¿De guisa que no voy a fumar esta noche por el antojo de ellas? —Se quejaba Mulvio Pitti.

Desde la cocina entra al salón Girolamo, de los Acciaiuoli, llevando en cada mano pequeños manteles y papel, ya que al parecer la dueña de la casa le había reclutado como camarero de aquel espacio, una buena faena para empezar... Se dirige a sus amigos de pie, junto a Abelardo, quien, por su parte, trata de abrir su botella concienzudamente.

—Ada me hizo prometer que no apestaríamos el cuarto con drogas o con tabaco, que a fumar se sale uno, sacando la cabeza por la ventana o yendo al balcón de la plaza o como sea... ¡Ah! Y tampoco os descalcéis por no apestar las alfombras.

–¡Aquí están! –exclamó Bieito según llamaban a la puerta de la casa.

–Las abro yo –dijo Abelardo con un severo semblante.

Se irguió rápidamente; pareciera que oliese el perfume de las jóvenes a metros de distancia, como don Juan, para quien, de igual manera, las chicas eran más importantes que el pan que comía y el aire que respiraba, y para el que la fidelidad a una de ellas representaba una terrible crueldad para las demás... Se encaminó a la puerta haciendo ostensible toda su galantería.

–Buenas noches, bella Olivia. Tenemos que hablar tú y yo.

–Luego te busco, Abelardo, pero qué bien que nos veamos por fin –Le contestó ella mientras examinaba el salón con los ojos, antes de volver la mirada hacia él–. Adiós.

–Hola, Lulú –dijo Abelardo dando paso a la siguiente.

–Mis saludos.

–Vas muy guapa. ¿Traes alcohol?

–De azúcar de Oriente –respondió ella riendo.

–Eso es que traes tu ron –repuso éste cariñosamente antes de saludar a la siguiente de las amigas–. ¡Sabina, querida mía!

–¡Buenas noches, hombretón!

–Dos besos. Pasa con todos, que ya están en el salón sentados aquí y allá.

Terminaba de subir la escalera del edificio una vieja amiga de todos ellos, María, sin duda la persona más afectuosa y emocional del grupo, que compartía apellido con su adorado esposo allí presente, el señor Mulvio Pitti. Fue recibida por el árabe.

—Abelardo, niño mío…

—Acércate, corazón —Le dijo mientras la abrazaba.

—¿Dónde puedo dejar mi abrigo?

—¡Las prendas de abrigo van a esa habitación! —gritaba Girolamo señalándola desde los sillones de la sala principal.

—¿Cómo debo saludarte? —Abelardo tanteó a Azucena con el registro propio de los enamorados que juegan.

—¿Preguntas por discreción?

—Pregunto por si dos besos fueran fría inclinación.

—¿Necesitas que consienta? —dijo ella tensando la cuerda.

—Esta vez sí; otras, no —contestó él.

—Verás, es de mala educación saludar con diferencia a unos y otros… Es igual, ten, mi bolsa con mi maillot. Entremos, que ya habrá ocasión para vernos entretanto. Acabo de llegar de las representaciones que estoy haciendo ahora en la plaza de armas, allí, en el centro de la ciudad, y mis pies no aguantan más… Más tarde te pediré un masaje, si no dos…

Meses antes Abelardo Pazzi y Azucena dei Neri, miembro ella de una familia de oficios liberales dado que su padre se dedicaba a la medicina en los nuevos hospicios y su madre, a la arquitectura en alguna escuela albertiana, se habían conocido en los jardines de la cercana Villa Careggi mientras se celebraban no se sabe qué debates. Según se cuenta, Abelardo y un amigo suyo se encontraban charlando de manera jovial mientras hacían mesa cuando, ataviada con un deslumbrante abrigo rojo, apareció la *signorina* Azucena con una agradable exigencia en su boca: "quiero votar…" Él quedó impactado por esta chica bailarina que también asistía a la escuela de danza. Sus ojos verdes y su elocuencia le brindaban un encanto particular y destacado entre

13

las demás personas que acudían al turno vespertino de aquella academia de la villa suburbana. Más de una vez Abelardo la habría esperado a la puerta, en el tiempo que transcurría entre la salida de los muchachos filósofos y la entrada de ellas, desde luego, una vez al menos, puesto que los otros amigos de él estaban presentes. Su flirteo se desarrolló pausadamente hasta que llegó el momento del primer beso a la puerta de una afamada taberna; era costumbre de él llevarla a sitios sofisticados donde poder hacer ostentación de su categoría social y riqueza, la azotea de la logia frente al Palacio Viejo, la panorámica de San Miniato junto a las murallas y otros muchos, donde alguna comida ligera estaba acompañada de una bebida espirituosa poco común o exótica, sugerida por él. No fue difícil que se gustaran, pues ella era una de las mejores y más virtuosas mujeres que conocían los jóvenes de aquella noche, inteligente, humilde, atractiva, atenta, educada, con clase… y él siempre fue capaz de resultarle listo y atractivo. Pasaron los días en una relación marcada en sus primeros pasos por el escaso tiempo en que verse y el poco desarrollo de lo íntimo; fueron características que, en ellos, con certeza se supo que al menos en él, hacían brotar cierto sentimiento de resignación, aunque también una belleza y encanto concretos. La máxima muestra de amor en público se dio en una fiesta en esta misma casa del gobernador, cuando al intentar Ada, la esposa y dueña del palacete, entrar a una habitación cerrada por dentro se oyó desde el interior la voz de Abelardo Pazzi quejándose agresivamente porque la estaban ocupando ellos, los amantes.

Su idilio había mejorado considerablemente a la altura de esta fiesta del "Yo nunca" adquiriendo una solidez y brillantez nunca vista hasta entonces por Abelardo con otras mujeres, viéndose con mucha más frecuencia y declarando abiertamente su amor, de modo que en esta edad de oro por la que atravesaban él era reconocible como prometido de otra persona, con todo lo que ello implicaba en las relaciones sociales. Siguió hablando subliminalmente con mujeres y regalando su presencia en algunas celebraciones, pero principalmente se dedicaba a sus estudios de física y a construir su amor con Azucena dei Neri, que sin duda para ambos representaba un proyecto de transición hacia la vida adulta.

De este modo quedaron los hombres sentados en los sillones con la mirada puesta en ellas, esperando el momento adecuado en el que éstas los mirasen para levantarse educadamente a saludar, unos con más naturalidad y otros del todo rígidos. En otro sentido, las jóvenes permanecieron unos minutos de pie, cruzándose y alternándose al desvestirse, colgar la pelliza, quitarse los tocados, mirarse al pequeño espejo de la entrada...

El conjunto de la casa era un fabuloso apartamento en un portal señorial de la Plaza Pitti marcado con un número doce, residencia de un puñado de familias oligárquicas. Aunque escaso, el mobiliario de ese hogar era de plata bruñida, pensado para refulgir con la luz de la mañana de acuerdo al gusto de los ricos jóvenes, que preferían vaciar sus estancias de muebles de madera; las dos ventanas que correspondían al paramento del salón proporcionaban una envidiable vista, puesto que más que a balcones daban a parar a un solárium de orientación sudeste, donde entre el cielo oscuro y el tejadillo se desplegaba el Palacio Pitti en toda su dimensión, ya que se ubicaba puerta con puerta al otro lado de la empedrada plaza. Ada sentía debilidad por su adorada casa, en sus objetos humildes e insignificantes palpitaba la tensión de la vida humana, en ellos una mujer moderna como ella encontraba solución a su desamparo y desesperación, una vívida pasión.

–¡Estoy tan cansada y tan dolorida por el baile! –expresó Sabina reclinándose en los sillones–. María, salúdame, porque hace mucho tiempo que no te veía. Mi alegría… ¡Cuéntame todas tus cosas!

–Mi amor, siéntate conmigo. O mejor, relájate y me pongo a tu lado. Ten, tu copa.

En el momento también Olivia se aproximó a ellas para saludar a María.

–Sujétalo –Le dijo a Sabina dándole su tabaco mientras desataba su calzado–. Dime, ¿qué hay de tus historias, padres, hombres y demás? También contigo llevo tiempo sin coincidir y mira, que es extraño.

–Las cosas andan raras –contestó María–. Ya te contaré…

Al grupo llega Bieito desde su sitio en el otro lado de la sala para saludar a su esposa Olivia con el desenfado que le caracterizaba. Interrumpió la conversación de éstas para curiosear sobre las recién llegadas.

–Hola, amigas, ¿de qué habláis con esa complicidad? Que yo también quiero saber…

–Cosas aburridas sólo –repuso María con cortesía.

–Bueno, ya preguntaré en otra ocasión… De momento, ¿por dónde vamos a empezar nosotros hoy? ¿Por los puros, los dados, las botellas, las historias, los amores?

–¡Bebamos ya y sin desdén! –exclamó Abelardo apelando a todos con sus brazos extendidos–. Pronto, pronto para que el juego vaya fluido y los turnos (fijaos que se hacen turnos) no se extiendan demasiado. A ver, ¿quién me facilita un embudo?

—Esperad, que todavía no ha llegado Isidoro y no es de recibo comenzar sin él —dijo María como llamando a la calma.

Efectivamente Isidoro Albizzi no había acudido a la cita todavía, a pesar de que no solía ser impuntual en sus compromisos, tanto con adversarios políticos como con sus correligionarios; a pesar de que todos los demás jóvenes varones ya habían llegado, o al menos casi todos, éste se ausentaba y María Pitti lo notó. De la fijación de ella por él se hablará más adelante, pero según concluía ella su aviso a los presentes pensaba compungida si bien no debería haber hecho una muestra pública de preocupación tan evidente… Era un deje natural en personas de humores melancólico y generoso.

—Siendo así asomaos por si lo vemos —Fue Abelardo hacia la ventana con la boca torcida, un tanto contrariado.

—Mirad, sí —añadió Lulú cayendo en la cuenta—. Ada, si no es indiscreción preguntar, ¿cómo resulta que el edil propuso su casa para nuestro libre uso?

Se dirigía a la dueña de la casa, recién llegada de las habitaciones que estaba preparando. Ada Gokcin, renombrada con un nombre cristiano tras la boda con Piero de Lorenzo en la catedral de la archidiócesis, era una joven de diecinueve años, una turca liberal que había emigrado hacia una década con su familia a Occidente siguiendo la tendencia migratoria de la época, a raíz de la caída de La Ciudad. Con la ausencia de su marido, quien al parecer tenía un atribulado trabajo en el gobierno ciudadano aquella noche, la afectada Médici se convertía en la anfitriona, un cargo que, como se sabe, es motivo de orgullo y de preocupación a partes iguales.

—No fue suya la idea, ¡sino mía! Sabedlo. Mi esposo Piero se ha tenido que ausentar para partir a Nápoles, si es que no me equivoco, a resolver unos asuntos incompletos que dejó su padre. De modo que yo me encargo de esta reunión a la que os he invitado para que hagamos nuestra diversión; confío en que pasaremos la noche deliciosamente siempre y cuando cuidéis con mimo el apartamento... Por favor. Al fin y al cabo, mañana no hay compromiso laboral que nos limite, que yo tenga entendido...

—Es un buen plan, aunque mala prensa es que Isidoro se ausente todavía —comentaba Abelardo Pazzi irónicamente.

—¿Dónde estará Isidoro? —preguntaron sucesivamente Olivia, Sabina y Lulú, mirándose mutuamente sin poder dar una respuesta satisfactoria.

"¿Dónde estará Isidoro?" —se planteó Ada, quien, tras despertar de su pensamiento mientras miraba al suelo, se volvió resueltamente hacia las habitaciones.

—Y, ¡cuéntame! —La detuvo Olivia—. Ven, querida; ese amor, ¿cómo lo llevas?

—¡*Aham*! —Ada se aclaró la garganta y esbozó una sonrisa—. Déjame que vea... ¿cómo te lo contaría? Sin duda yo quiero a mi esposo y yo misma no podría dejar de hacerlo si quisiera desentenderme de mi compromiso (ven, hablemos más bajo), pues siempre pasamos el tiempo estupendamente desde que hacemos rutina juntos. Nuestra pasión fluía como el agua, cristalina y límpida, así, corría en su día a día; comimos, hablamos, reímos mucho y nunca a mí se me pusieron blancas las mejillas, pero su padre murió… Fíjate. En la ciudad se decía "¿será capaz Piero de Lorenzo de heredar a su padre con la hombría que lo caracterizaba?" Pues heredó y todo bien… Y mira su hacienda, mira… Pero del mismo modo que heredó su fortuna también recibió malicias… Ahora él tiene un puesto en el Consejo, pero no en la Señoría; porque su padre era un genio y allí estaba, pero, Olivia, mi marido aún es joven y sufre mal todavía, y claro, que su conducta no es la misma: a él le habían cambiado los pensamientos, las palabras, las manías… En fin, que estoy preocupada, pero bueno… Al fin y al cabo, sólo es mía la inquietud y pronto pasará, y volveremos a estar como en los días tranquilos previos a su heredad.

—Veo que este tema, cielo, podría dar ríos de tinta, pero no te preocupes —La consolaba Olivia—. Luego hablamos para que puedas explicarme mejor el caso, si me dejan un momento…

—Tampoco insistas, Olivia —objetó Sabina asomando su cabeza—. Quizás estamos siendo un poco groseras…

—¡No! Creedme, no me importa —Se excusaba Ada—. Entre nosotras hablamos de todo, no es grosería hablar de amor, de citas o… del matrimonio, ¿no? Luego cojo mi copa y vamos al balcón, solas, así aprovecháis, amigas, para contarme aquella cosa…

Abelardo volvía en su deambular de un lado a otro para dirigirse a las chicas; mientras tanto, Girolamo, de los Acciaiuoli, trataba con empeño de descorchar una de las botellas.

—¿De qué habláis vosotras? —interrumpió el árabe—. ¿Por qué no bebemos ya? No os relajéis… por cierto, mirad a nuestro amigo, cómo forcejea con su juguete como un pequeño mandril…

Las jóvenes lo golpearon o bien se llevaron la mano a la boca, conteniendo la risa que provoca siempre una broma inapropiada. Cierto era que Girolamo seguía a lo suyo.

"Dichoso este sacacorchos que no hay… manera… de usar… ¿Por qué llegar a lo bueno siempre es lo que cuesta más?"

II

Demasiados minutos habían trascurrido ya sin que Azucena ayudase con las tareas con su admirable diligencia, sin que contribuyera a preparar el salón con los alcoholes, luces y demás, de modo que se levantó con presteza una vez hubo descansado sus pies y se dirigió a los presentes.

—Damas, caballeros, escuchadme un momento ya que faltan cosas por traer tanto de la cocina como de las despensas donde guardan Ada y Piero los utensilios. ¿Queréis que yo y vosotros vayamos a por ellos ahora mismo y no después?

—¡Perfecto, querida! —exclamó María—. Iría yo, pero…

—¿Cojines? —preguntó Azucena.

—Trae si los ves —dijo Mulvio como aportación.

—¿Puros?

—Trae como diez de ellos.

—Y los cuencos de cerámicas para las cenizas, ¿tenéis? —dijo ella apelando a la dueña de la casa.

—¡Alacena azul, cocina! —contestó la turca desde los baños.

Azucena no perdió la concentración en traer todas las cosas que harían falta para las siguientes horas; un puñado de paseos hizo a través de las habitaciones y estancias del palacete para, finalmente, mirar satisfecha las mesas ya listas con los brazos en jarra. Por su parte, María, que se encontraba sentada, sentía para entonces una ligera sed y una apretada hambre por no haber tomado nada desde su llegada desde hacía ya casi una hora, pero para sugerir si podía comer algo no perdió su bondad y vergüenza características…

–¿Y si cojo ya un trozo de pastel? No quiero comer antes que vosotros, antes que los demás, pero no vaya a ser que las moscas se empiecen a frotar sus manitas sobre él...

–Déjalo quieto, María –intervino Mulvio de manera firme.

–¡Sí! Que yo no tengo amigo ni amiga descortés que no espere a los demás –suscribió Azucena dei Neri.

–Vengo ahora –diría Mulvio–. Fumaré.

Mulvio Pitti era el esposo de María e hijo de los grandes banqueros de la ciudad, que ya se hubieron retirado a sus villas de campo, cerca de la urbe; él había ocupado el gran palacio del barrio del Espíritu Santo, la residencia más ostentosa de todas presumiblemente, que exhibía orgulloso como su gran propiedad. En ella organizaba festines y celebraciones dispendiando todo tipo de favores y gracias, dilapidando su dote como primogénito de la familia y futuro representante político en los órganos edilicios.

La rutina de Mulvio se caracterizaba por la aspiración constante a la virtud, en este día a día suyo alcanzó cierta estabilidad que le permitía vivir situaciones y procesos tanto de felicidad como de desarrollo acelerado del trabajo, en clave de avance hacia la idea de hombre que quería alcanzar para sí mismo. Por entonces había pasado su verano en la Universidad de París estudiando la obra de Averroes y yendo a ejercitar su cuerpo a partes iguales... Como se puede apreciar, una rutina de la que se sentía muy orgulloso. Se jactaba de haber leído las obras más complejas de los últimos siglos e invirtió todas sus horas en profundizar con minuciosidad en su contenido, algo admirable. Pero quizás, en su arrogancia juvenil resultaba torpe a la hora de disimular su trato individualista y resultaba amargo a muchas personas... Una de sus actitudes más cuestionadas sería el trato seco y despreciativo hacia su mujer, María Pitti, quien había perdido todo desafío y pasión para él.

Este noble heredero de oligarcas era alguien que se apoyaba medio inocentemente en el borde de su lago privado y las distintas sirenas acudían a hablar con él, rodeándolo, era alguien que seducía sin proponérselo en las salas de baile, con independencia del resultado de su conquista o la calidad de ésta. Lo cierto es que el Pitti, para quien compusieron sus amigos un ritmo lento de tambor a cada una de sus entradas triunfales en alguna sala, se dedicaba a beber como profesión. Era el borracho en su máxima expresión, su cara y espíritu se transformaban en la muestra del desenfado y la lenta persecución de sus víctimas, que podían ser escogidas de manera totalmente arbitraria... De él se decía que era como un lento carro de tiro, que avanzaba a un ritmo cadente hacia las mujeres de los salones, que sólo bastaba con girarlo para desviar su rumbo, porque él avanzaba con su copa y su cigarro en la mano sin importar hacia dónde.

El triunfo del Pitti era reconocido ampliamente y se apreciaba de hecho que era una de las personas más apuestas del grupo, canónicamente al menos. Tras su entrada en las academias su historial de conquistas amorosas mejoró, acercándose a los más excelentes, curiosamente, los de Abelardo e Isidoro.

—Creo que ya está —dijo Azucena en otro orden de cosas—. ¿Te importa si me siento aquí? Pondré el abrigo a un lado. Así. ¿Cómo te encuentras Lulú? Aunque todavía no te lo he dicho, porque, ya ves, trataba de no quedarme mano sobre mano, me alegra mucho tenerte aquí...

—Me encuentro fantásticamente, amor —expresó la amiga—. ¿Y tú?

—Yo, bien. Quizás un tanto cansada, porque estar todo el día dando brincos y haciendo posturas... ya sabes. Y, dime, ¿sigues pintando y esas cosas... por ahí?

—Sigo retratando, sí —dijo Lulú—. De hecho, firmé hace un par de semanas un contrato en la corte de Urbino, allá donde las Marcas, con el duque, don Federico creo que se llamaba, por pintarlo de perfil; yo le sugerí a él y a sus aposentadores de cámara retratarlo junto a su esposa, no sólo, como es obvio, por el indudable modelo de virtud y fe que un retrato de esponsal representa, sino también porque se paga más caro. Aun así, por no perder la humildad, trataré con estos príncipes como corresponde y, por mi parte, firmaré con otro nombre mi obra.

—¡Mírate, trabajando con Montefeltros y Sforzas! —Azucena dei Neri se congratulaba con su perfecta sonrisa.

—Tampoco hay que exagerar...

—Te va bien y yo me alegro, y te deseo mil cosas en éste tu prometedor futuro.

—Me cautivas y me honras, me halagas y me sonrojas —dijo Lulú poéticamente.

—Di razones a los hombres y a las mujeres, lisonjas. Y, ¿qué hay de usted? —inquirió Azucena girándose hacia Girolamo, de los Acciaiuoli—. Muy hermosa su gorra, don Girolamo, mi mejor ciceroniano... ¿También vives con felicidad?

Azucena dei Neri sólo se despeinaba al conversar con sus queridos amigos con una ironía cariñosa, tan grande era su discreción que hasta su desenvoltura jocosa era más adorable que incisiva.

–Siempre encantado de verte –repuso él–. Porque hacía mucho ya que no coincidíamos para el ocio, ¿acaso en la última cita de la gonfalonería? ¿Fue en el campo o en la ciudad nuestro último encuentro?

–¡Fue aquella vez que a su villa Piero de Lorenzo hizo llamar!

–Dura tertulia tuvimos entre todas las familias florentinas en aquella ocasión… Pero, en fin, gozo me da recordarlo.

–Así es. Y más tranquilos esta vez, espero –puntualizó Azucena tomando una de las copas–. Aprovechad estos momentos tan dulces (y me refiero a vosotros como joven pareja de amantes); yo siento entusiasmo tal por vuestro hacer, por vuestro amor, que no acertaréis a imaginarlo… ¿Habría quien más que vosotros se pueda llegar a amar?

–Pues… No sé… Como todos, tenemos un corazón y cada persona a nuestro lado nos es una bendición –dijo Girolamo, de los Acciaiuoli.

–Supongo, pero… no es eso –corrigió la joven–. ¿No es como un jovial hormigueo? ¿Cómo sacudidas? ¿No es deseo? ¡Decídmelo, por favor!

Girolamo había incorporado a Lulú a la conversación con uno de esos pequeños gestos de los amantes confidentes. Parecía desconcertado con el entusiasmo con que su amiga Azucena alababa los méritos de su amor, pero, ¿por qué sería?

-Sí lo es –ratificó él.

–Eso es, ¿no? –intervendría Lulú.

–¡Lo que yo decía! –celebró Azucena dei Neri–. Bueno, si me dais unos segundos y me dejáis ir a por unas olivas seguiremos hablando de vuestro idilio, que no hay cosa que más me interese.

–Me siento mal por tu ayuda… –dijo la amiga–. ¡Yo voy! Iré yo a por eso.

–¡Qué mujer más diligente! Seguro que gana aprecios, seguro que hasta impedida brindaría ofrecimientos a toda persona que viera.

La fe depositada en el triunfo del amor por la joven dei Neri era admirable… A menudo sentía un divorcio con el mundo en que le había tocado vivir, que ella comparaba con la mesa de los pecados capitales; también con su futuro esposo sentía miedo por la conocida promiscuidad de él. Pero lejos de resignarse al acabamiento del mundo, Azucena demostraba una gran fuerza confrontándolo, se sentía destinada a plegarlo a su propia identidad y anhelos espirituales, como un dios. Porque, al fin y al cabo, ella creía que uno modelaba del barro de la realidad su propia ficción, ésta se convertía en columna vertebral del desempeño de la vida, siendo el Sentido que se insufla para reconfortar nuestra alma. Quizás, por las necesidades y capacidades de la conciencia, una vida ideal corriera paralelamente a la vida material a lo largo de nuestros años. Así pensaba Azucena dei Neri en su búsqueda de lo trascendental.

En el instante en que las muchachas peleaban por servirse la una a la otra Abelardo Pazzi atravesó la sala otra vez, viniendo de la cocina, donde el reloj le había indicado que más de una hora había ya pasado, para mal de sus nervios impacientes.

–Déjame paso, Lulú –rogó el joven árabe–. Gente, no insistiré, pero hace ya cierto tiempo que habíamos quedado para esta noche. Os recuerdo…

—Es cierto, pero nuestro amigo Isidoro todavía estará viniendo —contestó Mulvio, quien manipulaba el tabaco de los puros con solvencia sentado en su sillón—. Que ya le vale a Isidoro…

—¿Por qué toma tanto tiempo? —preguntaba María con mayor curiosidad.

Por sorpresa Ada se topó con la mirada de María Pitti. Trataba de dar sentido a la pregunta, que temía fuera dirigida a ella por una de sus amigas, figurándose con qué intención fue preguntada, qué significado portaría o qué respuesta buscaba; pensó en decenas de condiciones sin tomar esa pregunta como lo que en realidad era, simple y llanamente, una duda expresada con inocencia.

—¿Me preguntas? ¡Ja! Desconozco, ¡pues que ni nos conocemos! —contestó la dueña de la casa—. ¿Sabré yo? ¡Ja! Pues, como no, me llevaré los sombreros y los abrigos, y aquella cosa, y también aquello, y la capa del señor, y… En fin, ¡ay! que ahora vuelvo.

La turca entraba y salía y salía y entraba trayendo y llevando cosas.

—¡Ay! Estas copas sí que me las voy a llevar a lugar seguro; veo que no aguantarán hasta mitad de la noche si no…

—¡Que te aguanten hasta entonces por lo menos sin romperse! —suscribió Sabina— Yo te ayudo, querida.

—No te levantes, no te molestes. De veras.

—Como gustes… Aun así, perdóname que te diga que te veo con mucho apuro…

—Preocupada —Se limitó a decir Ada con una mueca.

—Ya verás, que la casa como ahora está se quedará antes de que nos vayamos —Sabina Rucellai la tranquilizó con el tiento que sólo conocen las mejores amistades.

—Sí, bueno. Voy a intentar olvidarme si puedo —dijo Ada—. Pero, dime, cambiando de asunto, ¿cómo anduvo tu permiso? Recuerdo que me dijiste que una vez acabados tus años de aprendizaje en la danza estabas determinada a dar el salto a las compañías, ¿cómo te funciona eso? ¡Ay, Sabina! ¿Imaginas dónde podría estar yo de no haberme casado, de haber seguido bailando con vosotras? En fin. Otra cosa, ¿qué tipo de vino vamos a servir?

—Pues pasé unos trece días en la ciudad de Toledo —contestó ella—. Mi llegada coincidió con el nuncio así que pude al menos ser socorrida por compatriotas de aquí en alguna que otra ocasión… Pero no vayas a temer, que todo fue bien. Eso sí: me vi con "el otro" y, bueno, tampoco… La verdad es que no hicimos mucho.

—Pero te fuiste muchos días… —Ada no pudo evitar rascarse la parte de atrás de la cabeza.

—Lo son, tenía que hacer los cursos —respondió lacónicamente.

—Sé que tenías trabajo.

Buscando cierta razón con los ojos clavados en el suelo Sabina miró entonces a su compañera para regalarle su propia sonrisa de preocupación. Quiso después cerrar el tema:

—No sé. No sé qué pensar. Arnolfo vendrá en un rato y espero verme a mí misma tranquila, acabando bien el día de hoy, estando con mis amigas y beber y reír, claro está.

—Olvida por hoy, Sabina, ese asunto tuyo –dijo extendiéndole la mano–. ¿Quieres vaso para esto?

—Iré bebiendo, aunque con calma…

De este modo consintió Sabina empezar a beber despacio, con la parsimonia pretenciosa de la bailarina pieza de museo. A su cómodo silencio vino a sumarse Azucena, quien atravesaba en ese momento las puertas de la cocina del palacete.

—Lo mismo decía antes y nadie daba un ochavo por verle sobria la cara –Se burló Azucena dei Neri.

—¡Danos ahora mismo un abrazo! —exclamaba Ada Gokcin, la de las manos de tocadora de arpas.

—Cielo, qué bien que has venido…

Sabina se abrazó a ella buscando nada más que su hombro. Cierto era que los gestos de amor entre ellas producían una imagen de ternura indecible, si bien a menudo ironizaban sobre el dolor que les causaban los muchachos y que ocultaban los licores.

Os extrañaba a las cuatro –expresaría Azucena buscando con la vista a su otra amiga, ausente–. ¿Olivia por dónde anda? Quisiera darle un regalo… ¡Cuidado! No digáis nada. Ya veré cómo lo hago para que no me vea, pero ni ella ni alguno de esos indiscretos… Ya veré. Vosotras, ¿qué? Tú, Sabina, ¿disfrutaste tu escapada?

—Mucho. Lo hablábamos antes –contestó ella.

—Yo sé que la disfrutaste –decía Azucena mientras le cogía la cara animosamente–. Que, como amiga amada, te conozco; ¿no es así?

—Como si fueras mi hermana. Como si fueras mi hermana. Por eso dime qué hacer, qué pensar y cómo ver. Cómo ver las cosas, me refiero… He sido toda una dama siempre, una digna mujer, creo poder decir de mí, así que, ¿por qué cambiar nada? Si soy de lo más feliz, si tengo a mi Arnolfo ahí cuando me hace falta y… Trato de reír y caigo en llanto… Hay algo que a mí me pasa.

—Para curar el pie malo hay que ver cuál nos anda mal–dijo Azucena dei Neri, reina del aforismo, el dicho oportuno y las sentencias, maestra del acabamiento moral–. Piénsalo, aunque ya mañana, ¡pues hoy no da para tanto!

—En fin. No sé qué pensar… —quejábase Sabina Rucellai como persona con inclinación por la queja, honesta aunque recurrida ya con cierto vicio–. Arnolfo vendrá pronto, ya os he dicho, y… eso: espero estar tranquila y pasar una buena fiesta con vosotras.

—Pues, ¡ale! Sin más decir.

—Cambia ya ese gesto extraño y vente al salón —Ada, la dueña de la casa, la increpó.

¡Clin, clin! Pero la paz no germina a las primeras lluvias y se hizo necesario para Sabina tener otra vez las palabras de sus amigas, quienes quedaron plantadas con los pies saliendo del habitáculo de la cocina y el cuerpo vuelto hacia su compañera.

—Ay, chicas, ¡qué complicado!

—¿Eres feliz? —exigió saber Azucena.

—Soy feliz.

—¿Y qué necesitas? Di algo

—Quiero beber boca arriba –dijo la joven–. Quiero beber boca abajo, de costado y del derecho, dar tientos a las copas para después dar tragos largos a los vasos. Por si no os ha quedado claro, amigas de mi corazón, yo quiero beber ahora… Como el mendigo, su sopa; como Noé de la uva hecha caldo de vino, como el griego la cicuta; ser yo la reina de copas jactanciosa de esas barajas que guardáis tu marido y tú, Ada, en el cajón... ¡Oh, me encantaría sólo beber! Por ser pila de aquesta fuente u hoja del fresco rocío de la colina de San Miniato, un labrantío regado a cubos; cascada de alguna corriente... Fijaos que no os pido mucho, más que beber. Regarme como si hubiera incendios en mi interior (¡Y sabe Dios que los hay!). "¡Empápame como a oblea!" le diría yo a esta botella o a esta otra y, en definitiva, a cualquiera de esas que tienes a medias ahí en la alacena; que sea esta mi teta y chupe yo su pezón...

Las palabras perturbadoras de Sabina Rucellai dejarían perplejo a cualquier hombre de bien, pero Azucena dei Neri, sensible para las maneras, pero curada de espanto en todo lo que concierne al espíritu de los atormentados, estaba dispuesta a saciar la sed de su compañera y la condujo al salón sin la menor turbación bendiciéndola siempre con su sonrisa perfecta.

La turca liberal había quedado un tanto descolocada y permaneció apoyada en su despensa. Al momento reparó en las botellas que mencionaba y se volvió para coger una de ellas, preciada y cara, a decir verdad; la sostuvo luego en sus manos de acariciadora de gatos. Y pensaba. Pensaba con su atractivo morro torcido y sus ojos chinos, orientales cuanto menos, cuyo marrón era tan oscuro que parecieran tener una pupila totalmente negra... Un aspecto distintivo, sin duda.

"Sal, amor, de esta despensa. Menuda mujer la María esa... ¿Cree que su licor de mierda pueda siquiera rivalizar con mi ron?"

III

La unión de doña Sabina y Arnolfo Rucellai durante el fin de su adolescencia fue, objetivamente, una relación entre bailarines; figuradamente, una relación de unidad dentro de la lucha; metafóricamente, una relación que vivió la dialéctica entre alma y ciudad (así como también su ruptura) abocada a la destrucción.

Según la información de que se disponía, antes de dirigirse la palabra a los dos amantes les fueron dadas las condiciones objetivas para ello: él terminaba su turno diurno en la academia a las dos o tres de la tarde y la mujer comenzaba su turno vespertino a las cuatro. Es por ello que necesariamente se hubieron de cruzar por el camino a la entrada y la salida, respectivamente, con toda seguridad escondiendo tácitamente cierta atracción puramente física. Por lo que les fue contado a los amigos, él la saludó genuinamente, aunque bien pudiera ser que no, cierto día, de modo que se puede pensar que los saludos desembocaran en abrazos en poco tiempo.

El hecho constatado se dio cuando Arnolfo invitó a Sabina a la casa de Bieito Dietislavi ante la leve expectación de los demás. Era ella una mujer esbelta, delgada como un cisne y con unos rasgos pulcros y radiantes; una mujer atractiva cuya ropa expresaba cierta sofisticación y bohemia dentro del estilo burgués más moderno.

Cuando la vio Isidoro Albizzi exclamó "¡Ah… me suena!", pues era cierto que le sonaba. Con ella se relacionaron poco a poco, de distintas maneras; entre ellos, Isidoro lo hizo desde el humor, como era su costumbre. En la azotea del Palacio Dietislavi, con encantadoras vistas del río, la conocieron un poco más conversando con ella, aunque no se sabe bien si Bieito y

Olivia, que ya empezaban a estrechar su relación con Arnolfo, habrían quedado ya con la mujer en ocasiones previas (…) Algo anecdótico y gracioso fue que el joven Albizzi le preguntara por cierta amiga de ella que le llamaba la atención por lo exótico de su aspecto físico, una tal Ada Gokcin, y que la reacción de Sabina Rucellai fuera de incredulidad jocosa por tratarse de su mejor amiga del momento; como tenía novio en esponsales, Sabina le trasmitió a Isidoro su negativa con entrañable condescendencia, por lo que éste decidió ser paciente, pero en ningún momento capitular...

En fin. Lo que siguió fue un período ascendente marcado por la ilusión y la belleza, una relación frugal y juvenil, marcada por la romántica melancolía de la distancia entre Florencia y Aviñón, distancia muchas veces rota, eso sí.

En otro orden de cosas, en el salón Bieito se preocupó por retomar los planes:

–Chicos, se me duerme el culo, así que bajo a fumar por si veo en los portales a nuestro amigo en lo oscuro.

–Dame un beso, sé oportuno –suplicó Olivia Dietislavi, despreocupada esposa de Bieito.

–¿Adónde va? Es igual… –exigió saber Abelardo Pazzi entrando otra vez al salón–. Amigos, yo me impaciento, hemos preparado esto (¡Y no me quiero enfadar!) durante bastante tiempo. Os pido que os sentéis ya, pues esperar sin acierto será necia caridad.

Hablaría Mulvio con la calma condescendiente de quien alecciona a un insensato con madurez, eso sí, sin apartar la vista de la manufactura de su tabaco, que para entonces ya había producido grandes frutos al cabo de casi una hora.

—Abelardo, aunque te entiendo, frena tu celeridad… Ninguno de aquí tenemos prisa, ¿no es así? Y él… ¡Pues ya llegará!

—Como queráis —sentenció Abelardo—. Estaré con los tabacos míos en otra parte de la casa. Mirad, que cuando queráis jugar igual yo ya no querré…

—Eso no lo cree ni él —diría María del hombre que se marchaba a la cocina con su pataleta.

Abelardo ha estado trabajando todo el día y está deseando fiestear provocativamente con sus amigos para liberar las tensiones. Pese a ser ignorado en varias ocasiones se seguirá sintiendo dominante a lo largo de toda la velada e intentará consciente e inconscientemente desacreditar a los demás hombres, aunque a veces se recrea en la fascinación que siente por las virtudes de éstos y se esfuerza en que los demás las admiren, hay que reconocerlo; de este modo pilotaba su conducta con un particular equilibrio de halagos y agravios.

Presenta el juego porque desea crear polémica. Simplemente. Como se ha dicho, está impaciente y llega a frustrarse por ello, lo cual no es óbice para que los amigos lleguen al grado máximo del humor que el árabe arbitrará. Presta especial atención a Azucena dei Neri porque es su pareja y, aunque siente debilidad por ella, también ella la siente por él (…) éste a su vez siente orgullo y presume de tenerla de manera recurrente, y sufre una contradicción estética entre el paternalismo cínico y la admiración de todo lo que representa su joven querida.

—¿Hay en la cocina más? —Le preguntó a María su marido Mulvio mostrando llamativamente su vaso vacío.

–Hay mucho. ¿Quieres, amor, que cuando salga Abelardo te lo vaya a rellenar? Yo lo haré. ¡Y qué calor! Abre la ventana, Olivia, que es pronto para sudar…

–Yo te la abro, querida, y para que, además, haya corriente debéis tornar la puerta de la cocina –sugirió Olivia Dietislavi–. Eso es.

A través de las ventanas de la casa aristocrática sólo se veía negro, era necesario salir a las balconadas para ver la bóveda celeste llena de estrellas y manchada por los cirrocúmulos; los presentes tenían suerte de compartir sus vidas en aquella tierra de pinos y cipreses, en aquella noche de verano ideada en las comedias, más clara que el propio día como dirían en las óperas. Conocían escasamente esta casa, la del gonfaloniero y su esposa Ada, y su edificio, construido adecuadamente a los gustos modernos por un nuevo tipo de profesional liberal, el arquitecto, que ya no un maestro de obra o maestro cantero, sino un creador que conociese la matemática de Euclides y trabajase con el ojo de la mente. Tres alturas con marcaplantas, vanos regulares, fachadas simétricas, muros de almohadilla y una marcada cornisa (¡cómo no!) configurarían la suntuosa residencia, una edificación representativa en el marco de la ciudad, dirían unos; palanca de promoción social, según otros.

–Ay, ¡qué hermosa la noche y su paz! –Olivia contemplaba a los guardias del palacio de los Pitti al otro lado de la plaza–. Hoy estoy contenta, a gusto, y con mi Bieito aún más… Estos meses son preciosos y lo pasamos genial estando juntos. Ya veis.

Mulvio seguidamente inauguraría sin saberlo el tablero de ajedrez con una partida de alto nivel, a pesar de ser la primera de todas las que vendrían.

–¿Es que estáis casados?

–Te lo cuento porque eres nuevo y sabrás poquito –respondió Olivia al joven Mulvio Pitti sin abandonar el marco de la ventana–. Bieito y yo estamos casados, algo que tú notarás. Más de un año ya duramos, aunque antes, en realidad, tuvimos algo… No cuenta, en cualquier caso. Y a nuestra segunda vuelta, como Francia ante Inglaterra, ya pudimos prosperar; en el amor, eso sí, que no la guerra.

–¿No son los dos adorables? –intervino María Pitti.

Poniendo la oreja a la puerta Abelardo tenía la convicción de que a Olivia le gustaba decir maldades, sabiendo que él la estaba oyendo, cosa que incluso le gustaba más…

–Bieito es… –prosiguió la buena esposa–. ¿Qué os diría? Mi bien, mi felicidad, bocanada para el pecho, calor para mi mirar. En él encontré al mejor candidato para amar, creo poder decirlo y espero no resultar jactanciosa… Y es que, aunque había otros que me querían ligar sus sentimientos me dejaban siempre bastante que desear.

Abelardo ante este comentario ya se tuvo que morder el labio mientras negaba con la cabeza; pensaba "como empiece ella a hablar más alto los vecinos van a oírla…". Al otro lado, Olivia perdía un poco su elevadísima posición mirando de reojo por tentación.

–Es Bieito el mejor de los hombres que esta noche están aquí. Al menos para mí. Como ninguno, supo lidiar con mis problemas y como a él pues tampoco le va mal en su banca y su comercio nos decidimos casar por dar a nuestras familias un prestigio similar.

–También en bienes formáis una sociedad que resulta bastante buena –dijo María Pitti.

–Sí nos da una bella vida vivir en su palacio señorial –añadió Olivia, en alusión a su amplia residencia de la plaza donde se ubicaba el puente nuevo.

–¡Qué alegre me es saberlo!

–Y yo me alegro… ¿Tú dónde te encontrabas, Abelardo? No me has oído contar mis cosas…

–Algo he podido escuchar, querida –contestó el recién llegado a Olivia–. No mucho… Algo de tus amores, creo. Curiosa tu manera de alabar las riquezas de mi amigo, mi buen amigo, mas, ¿recuerdas quién te compró ese collar? ¿Y… seguro que estás bien? Porque hace unas semanas estabas mal…

–Creo que, perseverando, sin dejarme engañar, he podido dar amor felizmente y yo también lo he recibido –dijo Olivia Dietislavi todo esto al tiempo que jugaba de manera gentil con el collar que, efectivamente, le habría regalado Abelardo Pazzi hace algún tiempo.

"¡Dios mío, cómo están las cosas!" Se lamentaba María.

–¡Escuchadme, gentecilla! –gritó Mulvio en un momento determinado–. Apartad todos vuestros trastos, que aquí traigo la vajilla.

–Eso es. Menuda mesa de licores y aperitivos. Toda sucia. A limpiar y a poner platos y sillas, y muchas gracias, amigo, y perdona a mis amigas y a mí, que por hablar sin parar es como si hiciéramos pajarería… –diría Lulú con deferencia.

–Charlad lo que deseéis pues esta casa no es mía.

–A propósito, ¿es tu casa parecida a esta o muy distinta? ¿Cómo es si puede saberse?

–Asómate al ventanal y ya la verás tu misma –respondió Mulvio con su deje particular.

–Ayúdame a adivinar cuál de esas es tu casita –rogó la esposa Acciaiuoli.

Y él dada la buena oportunidad para presumir le sugirió que su portal estaba en el lado este de la misma plaza donde se encontraban.

–Imposible –dijo ella–. Allí está sólo el portón del gran palacio. Venga, dime, ¿es que se me escapa alguna cosa?

–Me gusta tener espacio… –Dejó entrever Mulvio Pitti, el joven príncipe florentino.

–¿Me dices que tú resides en esa mansión? ¿Acaso no viven allí los Pitti?

–Soy Mulvio Pitti, encantado…

–¿Qué tú eres Mulvio Pitti? –preguntó Olivia, que se había entrometido sin querer en la conversación.

También María se sumaba a la conversación recriminando a sus amigas que no recordasen quién era su marido, con quien había contraído matrimonio hace tan sólo unos meses. Mil veces aseguraba que se lo habría contado a todas ellas.

–Sí, sí… En fin, perdonad, pues me da reparo… –comentaba el joven–. Mi padre, el gran señor Lucca, lo posee, no podía ser de otra manera teniendo en cuenta que lo ha pagado.

–¡Sí! –celebró Lulú Acciaiuoli–. Conozco a vuestro padre, amigo de Cosimo, claro…

–Y de Piero y de Lorenzo –dijo él–. Los mercaderes y los barcos siempre se le dieron bien y pues, ¿para qué engañarnos? Su banca dio ricos frutos y ahora puedo saborearlos, siempre con el control riguroso de las finanzas, pero siendo indulgente conmigo mismo...

—¡Pero esa es la residencia más grande de la Toscana!

—Así es. Es la más grande de la archidiócesis.

Olivia golpeó con el dedo las costillas de María, produciéndole una incómoda risa. Le preguntó con malicia si había escuchado cómo su marido había confirmado que ambos vivían en la mejor casa de la región y la otra se sonrojó; la esposa Dietislavi sintió admiración y regocijo por el vínculo entre el arrogante patricio y su amiga.

—Mulvio, me sorprendes mucho contándome las historias de tu fortuna y tu noble casa... —comentaba Lulú—. Es admirable, aunque, bueno, sigue: ¿Acaso trabajas?

—Reconozco que conmigo no va la virtud del trabajo, agradécele esos logros a mi familia, ya que me halagas, que ellos quisieron ponerme además dando la cara con los señores. ¿Entiendes?

—Entiendo que a ti te tocaba —contestó ella con seriedad.

—Eso es —dijo él—. Y así yo fui derecho hacia la Gran Sala y, sin embargo, amiga, me toca un mal papel si en política me pongo a pelar mis habas a la sombra de mi padre.

—Amable hombre, ¿por qué? Verás... ¿Cómo...? Sé que nada podrá brillar tanto como sus obras pasadas pero tu "legislatura" (¿Es verdad que así se llama?) también es cara en importancia, que incluso de ser mayor sería mala cosa... al fin y al cabo debes ser un hombre muy influyente en los consejos ejecutivos y legislativos de esta ciudad.

-Yo sé que mi padre ya tuvo más que palabras con quien ejerció el poder, si a eso te refieres... Nada de pendencias ni desacuerdos busco yo, ni gobierno ni pujanza. Creo que los príncipes hace tiempo que debieron dejar de tener castillos y altas murallas para acostumbrarse a las lonjas, los mercados, los gremios y los bancos, es la posición progresista, ¿no os parece?

—Seguro que tus clientes lo sentirán —reflexionó Lulú Acciaiuoli—. En fin, dada la situación, ¿qué te ocupa? ¿Cuál es tu nueva labranza?

—Dedicaré mis esfuerzos a aquello que me gustaba desde siempre —repuso Mulvio, que había ido apurando su copa de cristal—. Ahora mismo me estoy doctorando para diplomático para ser enviado a la Corona de san Esteban por la Señoría; me está llevando semanas aprender húngaro, que allí se habla.

—Y estudiarás en Bolonia, ¿cierto?

—Sí. Me marcharé al alba, de hecho.

—¡Ahí lo tienes, María, eres una afortunada! —celebró Lulú, de los Acciaiuoli.

—Aprecio mucho el cumplido… —dijo María Pitti—. Disculpad, voy a por mi vino…

Lulú Acciaiuoli era originalmente una de las mellizas de los Fidenas. Al principio la conocieron los amigos cuando ingresó en el seminario de nobles: de repente la noticia viral de una joven atractiva, simpática y con una hermosa boca, aunque más pequeña en edad que ellos, los sorprendió a todos. Para ellos, su hábitat quedó enriquecido y las posibilidades de conquista crecieron un poco.

Fue Abelardo Pazzi quien, siendo todavía un niño, mantuvo un idilio con ella tras abordarla por la calle; estuvieron bien unas semanas, en las que llegaron a hacer ciertas travesuras propias del primer sexo adolescente. Sin embargo, la mezquindad de él tiró todo por la borda, puesto que la engañó burlando a su vez a otras cinco chicas (hasta tres en una noche) e hiriéndola durante algún tiempo, en que dejaron de hablarse…

Esta noticia la sabrían todos después. A pesar de que no deja de ser un entrañable y pequeño drama juvenil, es de suponer que sería un duro golpe para la autoestima de ella.

Por todo ello Abelardo fue reprendido duramente por las compañeras de instituto, que aprovecharon el prendimiento de esa mecha para formar una fuerza colectiva contra él, por pura provocación y pueril sentido de la responsabilidad con la justicia social. El burlador Pazzi sólo pudo asumir parcialmente su culpa de manera cínica y en ningún momento atormentada, tal fue su satisfacción personal dentro del sentido políticamente correcto de la culpabilidad que acabaron los amigos haciendo chanza de esta anécdota más adelante. Respecto a ellas, si bien pudieron obrar íntegramente en un principio, fue tal su vaga pretensión que, al cabo de semanas, meses y años, acabaron sólo castigándolo con besos, toqueteos y más placeres.

Lulú, por lo que se sabe, era una chica que había tenido una vida buena, aunque jalonada por la ausencia de su padre, quien murió. Tuvo una bondad extraordinaria, aunque también la maldad irónica fue creciendo en ella impulsada por la creciente seguridad en sí misma y la mayor competitividad con otras estudiantes, rasgos por lo que también fue desarrollando cierto sentido de la ambición.

Según Girolamo, su futuro marido, era una mujer con pasiones y aficiones notables, tales como el deporte gimnástico y la pintura, que fue cultivando al lado de Isidoro, notable mecenas del arte. Era una estudiante buena y prodigiosa en algunos campos como la biología o la lengua inglesa. Siempre demostró además un amor intenso por todos ellos y fogoso con Girolamo cuando fueron pareja.

Un hito de la mayor trascendencia vino gestándose en un enero de los años precedentes: cierto día y por sorpresa, mientras Isidoro se encontraba con sus lienzos en su casa, Lulú lo visitó para compartir con él una de sus preocupaciones capitales, esta es, que sentía amor por su amigo Girolamo. Antes de responderla se reclinó éste para tomar aliento y pensar mirando al techo fríamente; dicha templanza sólo pudo ser la antesala de reacciones frenéticas. Las implicaciones de esto eran grandes...

En los días siguientes Girolamo e Isidoro se congregaron en la mansión de Abelardo Pazzi. Toda conversación parecía sorprendentemente trascurrir con normalidad a pesar de los signos amorosos con los que Girolamo Acciaiuoli había sido marcado en el cuello. La noche era apacible, un poco fría, pero aquello fue una ruptura total del statu quo tradicional, un trauma que atrajo la admiración y la alegría de todo el mundo rápidamente. En el grupo ya no quedaría nadie que ignorase los placeres del amor, tan sólo quedaba Girolamo, quien durante mucho tiempo se ganó la vergonzosa fama de hombre solitario, acosado por el cierre implacable de las olas que le iban a tragar... Era el último emperador de los romanos. Hasta aquella noche.

De repente, todos los ojos del mundo se pararon atentamente en esa marca corporal y una reacción incontrolable poseyó a Abelardo... Zeus se le metió por el cuerpo, salió fuera de sí, en una ascensión temporal a la Idea, temblando en el suelo y expulsando ambrosía y néctar por la boca sobre su alfombra de colores. Por su ascensión contagió su frenesí a los otros dos, que no paraban de reír, maravillados por esa escena. En ese momento vino Kairós, pudieron contemplar el sentido de la vida, una mirada de Eros… Y todo se fue diluyendo poco a poco cuando se fue normalizando en sus vidas ese nuevo paradigma.

María Pitti, como ya se ha dicho, se disponía a ir por su vino cuando Lulú la increpó y le dijo que ni se le ocurriera, en su lugar, ella se lo traería encantada aprovechando que tenía que ir a revisar la bolsa que había traído y ciertas cosas que llevaba.

–Eres demasiado buena conmigo y lo tengo en cuenta – agradeció María–. Gracias. Y con gran razón has adivinado cuáles son los poderes que tengo distorsionados… Será el brillo de mi afeite que deja entrever mi alegría… ¡Decid si lo es! Decidme, vosotras que sois mujeres.

–¿Es que luces por tu aspecto y no por algo que estás sintiendo? –Quiso saber Sabina Rucellai.

–Hablando en plata, es cierto que es gozo lo que me mueve, resulta fresco, visible, resulta claro y evidente. ¿Verdad, amado? –diría la esposa Pitti dirigiéndose a Mulvio–. Ven, dame la mano y no me la sueltes… Así es. Así nos veréis a cada paseo que demos un viernes en una u otra ribera de ese río, o a través del puente donde trabajan los orfebres; somos uno para el otro… Si fuera yo algún vestido sus manos serían los ribetes que me sujetaran bien, dos cálidos alfileres, fuera él un fino broche con el que apretar mis linos. Podría pasarme el día mirándolo ricamente, así, como quien contempla las nubes mientras se mueven. En fin, estoy muy feliz. Quería que lo supieseis.

–No hay cosa que más me alegre que veros juntos, amiga, que él, estando contigo, ¿con quién mejor estuviere? –comentó Sabina, con una causticidad demasiado torpe.

Pronto Lulú miraría a su amiga Sabina Rucellai del modo en que los ojos hablan de lo que hay en el corazón, para avisarla, "tranquila, que se te ve venir". Se volvió a los jóvenes novios para hablarles ella también.

—Por saber, decídmelo, ¿cómo fue vuestra? —preguntó Lulú Acciaiuoli.

—Señoritas, discúlpenme, que de esto es mejor que habléis entre vosotras, que yo voy a por algo de beber… —Mulvio quiso huir de la conversación de amigas que se cernía sobre él.

El pretencioso patricio de la familia Pitti se levantó y se fue, dejando sola a María ante las hienas.

—Hay que vivir para ver… —decía Sabina con toda la soberbia que sus cejas le permitían expresar—. Una pareja perfecta para una chica tan… buena. En vosotros no había pensado nunca como enamorados, ¿sabes? ¿Y has pensado por tu parte que alguna mujer lo cace siendo tan apuesto él?

—Ya veo que te has fijado en…

—Entiéndeme, no lo digo por preocuparte, sólo por saber…

—Sí, sí.

—Eso, por saber.

—Que… Ya veo que te has fijado en que Mulvio es fuerte y guapo, ¿cómo no? —María retomó la palabra en ese momento—. Y se hace amargo no saber si llegaría nunca a ser tan hermosa, ni a ser tan resuelta o esbelta como muchas, pues entre él y yo también ocurre que media lo que entre una mula y un corcel. En realidad, os diré… (acercaos por que no grite) Os diré que existe algo que oprime mi tranquilidad. Cierto día, hace ya un mes, más o menos, noté algo de frialdad entre los dos, como si ya no quisiera crecer más la flor nuestra… ¿Idea os podéis hacer del tiempo que ha pasado desde que él me propusiera una cita la última vez? ¿Recordáis el interés que fuertemente ponía, puede que tú no, Sabina, no te llegué a conocer entonces, pero yo sé que tú te acuerdas, Lulú, en fin... pues te acuerdas tú de todo aquel interés que ponía cuando empezamos? A día de hoy no sé si tal cosa seguirá en pie...

La preocupación de ella era notable y lo hacía muy evidente con sus miradas y gestos. Las manos de todas ellas eran una elocuente escena de bodegón y expresaban por igual la naturaleza de sus querencias espirituales y los estados en su ánimo.

—María, me vas a tener que disculpar un pequeño momento —interrumpió Ada abrillantando copas con sus pañuelos—. Vosotros podéis quedaros ociosos aquí incluso hasta ver que ya empieza a amanecer afuera, pero tenéis que hablar en voz baja, no podéis armar ningún escándalo, porque han de suponer los vecinos que no hay nadie... No gritéis, no me fuméis.

—¿Querrás apagar también las luces de este salón? —se burlaba Girolamo Acciaiuoli extrañamente.

—Sé que os importuno... Pero entendedme, por favor.

Era el feliz momento en que Olivia entraba al salón con un racimo de uvas verdes en la mano derecha para interceder en favor de la autoridad de Ada Gokcin, la de las manos de pesadora de perlas.

—Si tenemos tacto o no, no te debe preocupar —diría—. ¡Somos todas buenas bailarinas! Pisamos con el tacón con mucha más discreción que el gato anda la tapia; que ni las suelas manchadas te van a tiznar tus sillones ni faltarán ceniceros en ésta tu habitación.

–¿Y entonces todas vosotras sois profesionales de la danza? –preguntó Girolamo en un nuevo intento de integración.

–La mayoría lo hacemos por trabajo o afición: los príncipes gozan con la danza por lo general, pues en mi caso bailo en la ciudad de Venecia por cada ocasión que lo merezca.

–A mí me llaman de Siena siempre para formar parte en los espectáculos de sus fiestas –añadió Sabina Rucellai.

–A mí en Nápoles me pagan los aragoneses –diría Ada de Médici.

–Si esa es vuestra ocupación, ¿podréis hacer esa cosa... Ya sabéis... la de ponerse la pierna por detrás de la cabeza? –Tal fue la aportación de Bieito Dietislavi, que no podría haber sido dicha de mejor manera de haberle faltado la copa que sostenía entre dos dedos.

–¡Qué curiosa petición! –bromeaba su esposa Olivia.

–Es mera curiosidad...

–Si por tu fascinación quieres verlo, pide tal a Azucena. Creo que es la mejor de nosotras al bailar, si no me equivoco...

–Ni de lejos seré yo la mejor. ¡Pero qué va! –Se quejaría Azucena con verdadero reparo.

–Vamos a ver –aclaró Olivia Dietislavi–. Ya conozco a nuestra amiga Azucena y sé que ella es tan modesta como tímida puede llegar a ser, ¿verdad? Pero que te sonrojes un poquito no implica que yo no diga la verdad.

–Amigos míos y amigas mías, creedme, que gusto tengo o tendría en mostrar mi disciplina sólo por complaceros... Y sin más, porque mi Gesto será siempre por vosotros... Pero no os creáis esas cosas que ella dice, porque todas tenemos pasión igual.

—Como gustes tú, querida, que de eso sabrás más tú misma, pero, va, muestra a tu amigo de lo que eres capaz a la sazón de lo que dijo…

—Si Bieito tiene curiosidad por ver eso lo hago en este momento —respondió Azucena dei Neri, siempre con diligencia, como no podía ser de otra manera—. El pie me llevo a la mano para que veas. ¡Ahí va!

Todo joven que estaba prestando atención a lo que allí se trataba, como pudieron ser Mulvio, Girolamo o Abelardo, entre otros, demostró cierto grado de admiración, en mayor o menor medida.

"Un tentáculo parece".

"La noche no empieza mal".

—Por algo es la mejor… —expresó la turca liberal—. ¡Qué mujer tan especial!

"Brutal mujer… ¡Es brutal! —Opinaba Abelardo Pazzi en el grado superlativo de fascinación—. ¡Mira dónde está su pierna! ¡Qué tensión y qué belleza, qué gran flexibilidad! Madre mía… ¿Puede haber algo que esta chica no tenga? No he viso dulzura igual… Ni mente tan cultivada… ¡Ay! Cuando se quede sola y vaya yo para allá…"

—¿Qué, Abelardo? —Sabina lo interrumpió dolorosamente, ella, que siempre había sido su confidente—. ¿Disfrutas de esa bonita postal?

—¿Cómo? —El joven Pazzi tomó distancia al principio—. Ah, aquella cosa. Sólo llamáis mi atención, mas de momento dejadme, que no estoy yo para hablar… Cuando queráis empezar con el juego otra vez yo ya iré. Ahora vete, que el tabaco este lo tengo que preparar.

–Perdonad que lo haga mal, tengo que entrenar... –Azucena aportó su justificación a la vista de todos–. Sabed que estoy en la danza gracias a mamá y papá, quienes pagaron hace tiempo por enviar a su hija al extranjero, y ya veis si su dinero me ayuda para tomar de ese modo clases cuando viajo a otros países como España o Portugal.

–Buenas clases además, pues para pescar contratos tú empleas el sedal si te comparas conmigo, que uso un hilo y un gancho oxidado. –bromeaba Sabina, su gran amiga–.

Sabina, en el interregno que atravesaba la fiesta por la ausencia de dos de los hombres, Arnolfo e Isidoro, comenzó a contar sus sensaciones con el último drama musical del que había formado parte.

IV

Bieito entonces detuvo el relato en un punto en que ya se estaba extendiendo demasiado en el tiempo. Se dirigió como pudo a todos los presentes:

—¡Escuchad, mi gente! ¡Oíd! ¿Me escucháis? Estad atentos, que Arnolfo me grita "¡Abrid!" Que alguien baje y le abra todo lo rápido que pueda.

—¡Decidle lo que yo os dije! —dijo Ada desde la cocina, suponemos que en alusión al mantenimiento del orden.

—Yo se lo digo. ¡Escucha, amigo! ¡Límpiate los pies primero! —le gritó Bieito Dietislavi a su amigo Arnolfo desde la ventana, de modo que atrajo las escasas atenciones de toda la plaza.

—Se retrasa últimamente cada día que nos vemos, va con sus despistes... —se quejó la esposa Rucellai, Sabina—. ¿Quieres que yo baje en un momento para evitar ruidos?

Se dirigía a Ada, quien ya había vuelto con el mismo trapo en la mano y presumiblemente la misma copa que frotaba minutos atrás. Ésta le respondería con alivio:

—Baja y ábrele, amiga mía, y, por favor, conteneos de hacer ruido. En el portal sed taimados y discretos para que las voces no retumben a lo largo del hueco de la escalera.

—¡Que sí, Ada! Voy bajando...

—¡Dejadlo estar! Que yo le puedo tirar las llaves desde lo alto —intervino Bieito— ¡Ahí va! Hala, ya está. No bajéis, porque ya está entrando... Veremos qué noticias trae si es que quiere contarnos algo.

—¿No bajo entonces? No bajo —dijo Sabina.

–¿Tenéis la puerta entreabierta? –demandó saber Ada sin demostración alguna ya de paciencia–. ¿Y Arnolfo dónde se ha quedado?

–Está subiendo; le veo y le oigo además por sus pasos.

–De acuerdo –diría Bieito Dietislavi–. Yo le traeré un buen vaso de un buen licor, es lo que siempre bebimos, lo que siempre nos tomábamos en nuestros viajes... Un día cayó al Danubio borracho y reía y nadaba, mientras yo no podía hacer otra cosa que gritarle bien alto...

–¡Amor mío! ¡Bienamado! –La dicha de Sabina fue lo suficientemente indiscreta como para interrumpir de súbito a Bieito y atrapar el oído de los presentes, que dirigieron sus miradas a la puerta–. ¡Qué bien que ya estás conmigo! Entra ya y caliéntate porque supongo que la lluvia te habrá calado y llenado de frío.

–Toma mi abrigo, buena Ada –Arnolfo se liberó de sus prendas con un golpe de mano, con la postura afectada del bailarín varón–. Qué perfumado tu cabello, Sabina, qué dulzura... En seguida nos sentamos juntos, voy a saludar. Qué horrible viento ha arreciado contra el coche, de verdad... Pasé de estar seco a estar calado, como tú dices, durante los breves segundos en los que salí de la capota.

–Querido mío, hace tanto... –Azucena dei Neri lo saludó como casi echándose a llorar, o al menos eso parecía–. Hay que ver cómo te ha dejado el pelo la lluvia...

–Me alegra a mí verte al fin.

–¡Hijo mío, ven aquí! –dijo Olivia en su turno para saludar.

–¡Olivia! Al fin te he encontrado...

—¡Arnolfo, te saludamos! —dijeron los dos Acciaiuoli casi al unísono, de modo que parecieron dos muñequitos roídos de una casa en miniatura.

—¡No os esperaba yo aquí! —Arnolfo seguía esforzándose en la originalidad de sus saludos.

—¿Me saludarás a mí que te traigo un fino vaso? —preguntó por último Bieito, su buen amigo.

—Déjame el licor aquí y si te acercas, cuidado… ¡Mira cómo está mi pelo que está chorreando!

—¡Cuidado con…!

—¡Desgraciado! —profirió la voz de horror de Ada Gokcin—. ¡Qué mal te parió tu madre! ¿Querrás decirme que mi suelo aglomerado de buenas maderas te ha parecido acaso un cubo o un balde?

—¡Dios mío, Ada, querida! —exclamó riendo éste, que tenía el pelo abultado de un payaso—. Perdona, dame un abrazo. Vaya cosas… No te alteres que ahora mismo te friego todo esto, toda esta agua que hay en tu suelo, que yo no quiero que se abombe… Antes deja que me beba este vasito de un trago… Así es. Ahora dime, ¿dónde guardas tú los trapos? Dame un par de ellos: uno para el suelo que se acaba de encharcar por mi culpa, otro para estos muebles que están aquí colocados en la entrada, pues son de calidad y temo que algo caros. ¡Amueblado de señor tiene prez al fin y al cabo! Ya está. Sabina mía, ¿está mi abrigo colgado de la percha? Sí lo está, vale, que ya lo veo, junto a esos lustrosos paños en el perchero. Me gusta la casa, así como su artesonado… Ada, preciosas piezas esas, jarrones, platabandas, grutescos…

—¿Verdad que su gusto es muy bueno? —presumió Sabina—. Me da ideas de lo más curiosas para decorar la casa antigua que nos compramos, amor mío. Fíjate, ¿comprarías tú un retablo como este?

—Prefiero comprar tus joyas, que, aunque me guste el retablo (y debes saber, Ada, que intento ser apreciativo con estas piezas de arte cuando las observo), las piedras son el arte nuevo, ideales para sublimar tu encanto —respondería Arnolfo Rucellai dirigiendo sus manos a una y otra.

—Seca eso y saca el vino, que ha parado una calesa en frente de nuestra puerta —dijo Bieito Dietislavi, que estaba de pie junto a ellos—. Dejadme cerrar la ventana, amigos.

—¿Qué me dices? Bueno, cierra la ventana que hace frío aquí. Y lo digo yo, que vengo de fuera.

—Cerrada. Pues que Isidoro ya ha llegado seguramente, es lo que digo.

Girolamo pareció complacido por la llegada de Isidoro Albizzi al fin, más de una hora tarde a lo acordado por todos.

—Digna entrada para un hombre díscolo y un poco altivo… Me alegro de que ya llegue, que aún es pronto para que la velada empiece a degenerar —comentó éste—. A ver, cuidado con este que ya viene enloquecido.

—¿En serio que es Isidoro? —preguntó con ansia Abelardo Pazzi, quien había irrumpido en el salón al enterarse, sin dejar que ninguna persona obstaculizase en su camino.

—Seguramente lo sea, y deseoso y ansioso estoy por saberlo todo de su día trabajando en los Oficios —dijo Girolamo Acciaiuoli.

—Venid a saludar —ordenó Sabina Rucellai, quien se iba a encargar de la puerta en su noble decisión de librar a la turca de más tareas de anfitriona–. Mulvio, perdona, que no te había visto…

–Yo paso después, señora, pues detrás es donde está mi sitio. Perdona que yo me choque… Por ver a mi conocido no te vi y casi quemo tu vestido con mi puro… ¡Menos mal! No me lo perdonaría en mucho tiempo…

–Chicos… Ya está aquí –informaba Olivia, que también se había agolpado en la puerta del apartamento–. ¡Isidoro! ¿Quién te ve y quién te ha visto?

Isidoro sería poca cosa como hombre, pero enormemente hábil y popular, cultivado tanto en el arte del amor como en todo lo relacionado al espíritu. A la edad de veinte años daba muestras de gran madurez: visitaba a su madre con más frecuencia y de una manera consciente quiso pasar más tiempo con ella y valorar que la tenía en su vida. En estos años, consideraba que había ignorado por demasiado tiempo que tenía toda una familia y que daba por sentado que los tendría por siempre, error que le hubiera procurado un sufrimiento irreparable en el futuro, de modo que le pareció apropiado valorar cada momento que pasara con ellos, y pensó que debía ver a los miembros de su familia al menos una vez por semana. A su madre terminaría por llevarla a ver ciudades singulares, a su abuela y su abuelo los visitaba asiduamente, cosa que le era doblemente buena porque además le daban dinero.

Con Bieito su relación de amigos llegaba a sus mínimos… Después de ciertas desavenencias veladas, de desacuerdos incluso ideológicos e indiferencia uno respecto al otro, cabe reconocer que ya no eran mejores amigos, como lo fueron en tiempos del seminario. Sus mejores amigos entonces serían a todas luces Abelardo y Girolamo, puesto que habían conformado un sólido grupo los tres, una camarilla para la intelectualidad.

Como ya se sabía, con Bieito virtualmente dejó de hablar, ahora sus intereses dispares y prioridades les habían separado todavía más que la salida del instituto. A pesar de ello, un par de buenos gestos los acercaron genuinamente, unos zapatos, unos regalos de cumpleaños, unas buenas palabras y, por supuesto, el peso grande de los recuerdos de estudios. Entre Bieito y los demás sí se podía apreciar una mayor cercanía, que estaba zurcida desde lo ideológico hasta la forma de ocio, puesto que todos eran gente poco conservadora que gustaba mucho de salir a beber a las tabernas, mientras Isidoro sí lo era y salía menos que ellos, prefería quedarse en su mansión (…) A esta confluencia de inquietudes se sumaba el impulso de personas como Olivia, cuyo interés en estas personas parecía crecer a cada día sin desfallecer, algo que a Isidoro le llamaba la atención. De igual manera, resultó natural que éste se tomara un descanso respecto a ellos… acababa de atravesar una crisis estructural de su personalidad y supuestamente el cansancio de tolerar muchas cosas de ellos que no lo complacían le dejó exhausto.

Pero, en definitiva, estas cosas confunden al principio y llevan a los otrora grandes amigos a volcar las culpas sobre los demás, sin embargo, parece que este tipo de desencuentros suceden con naturalidad y, acaso, con la tolerancia tácita de quienes experimentan estos procesos, los de ver cómo ciertas amistades se desinflan, de modo que no creían cada uno de ellos que se debiera al desinterés o la maldad de unos u otros. Isidoro se preguntaba si una primera fase de amistad espontánea y natural dejaría paso a otra fase de diplomacia, mucho menos intensa, pero con suerte mucho más larga.

Si situamos aquella curiosa noche en la vida de éste, sería una velada para la que llegaría con la obsesión amorosa de una mujer... La enigmática Apolonia: era una chica de diecinueve años que conoció a sus dieciocho en la academia, es decir, que era mayor que él. Iba a su clase, aunque él nunca la había identificado de entre el abundante grupo de atractivas jóvenes que había allí, quizás porque era una mujer algo introvertida. Tímidamente una vez le pidió ella sus anotaciones de Aristóteles a través de cartas y cuando empezaba Isidoro a caer en la cuenta del flirteo, empezó a tener noticia de ella; la correspondió, claro, ¿cómo iba a rechazar a una mujer hermosa?

Él la invitó a cenar y ella aceptó sonriente. Recordaba vagamente su primera cita, pues ni siquiera se le venía a la cabeza el sitio al que fueron, posiblemente una sofisticada taberna de las que frecuentaba Abelardo Pazzi, el árabe, tan sólo que el diecisiete de enero en plena temporada de estudios montaron en carro y se despidieron con un beso en la ribera del río, puesto que, aunque sus casas estaban cercanas una de otra, vivían justo en lados separados del Arno. Isidoro recordaba que tenía los labios muy blanditos... Para bien o para mal, ese día quedó eclipsado por ser asimismo el día en que Girolamo y Lulú se besaron por primera vez, el día de la ruptura de su virginidad integral y la consecución de uno de los mayores anhelos de su amigo: que el joven Acciaiuoli encontrara el amor. Ese día fue uno de los mejores que podrían haber vivido los amigos.

Isidoro había contado que, sentados en su segunda cita atendiendo a un concierto de cámara, Apolonia le susurró "te tengo muchas ganas…" Sin pensarlo demasiado él sólo pudo ofrecer una leve sonrisa colmado desde el altar, actitud que luego comprendieron que a ella le resultó confusa (…) Pero eso da igual. Se fueron conociendo entre café y café y llegaron a acostarse juntos, aunque de mala manera…

Imagínense: posiblemente la chica más atractiva con la que hubiera estado, de ojos verdes, pelo rizado como si fuera semítica, morena y delgada, con una inigualable dulzura y con experiencia, y luego, Isidoro, con sobrada experiencia, sí, pero con un cuerpo que no le gustaba.

Delante de los amigos disfrutaba muchísimo presumiendo de mujer, siendo especialmente alabado por Abelardo, que la idolatraba; pero en la intimidad de su alcoba no se sentía a gusto y tuvo que atravesar ese vergonzoso momento de justificarse cada vez que uno no puede mantener relaciones sexuales. Ese fue el primer problema sobre el que rodaba esa todavía corta relación y sin duda al acabarse ésta y no poder superarlo se quedó Isidoro Albizzi durante todo el año con un amargo sabor de boca.

El segundo de los problemas fue la presencia de un hombre loco, que tristemente había maltratado a Apolonia en el pasado, aunque no se supo nunca en qué magnitud, pero de alguna manera ella se sentía acosada y tenía un mal recuerdo de su anterior hombre; aun así (¡Ay, cielos!), creían los amigos que seguía atada a él, precisamente por la posición dominante desempeñada por ese hombre. A pesar de ejercer ese perverso papel, me temo que no pudo ella superar el vacío de éste con su relación con Isidoro y acabó desapareciendo súbitamente sin responder siquiera a aquella proposición suya en la que le invitaba a asistir a otro concierto de cámara, por entonces bastante modernos.

No quiso exagerar el joven Albizzi diciendo que sufrió el desamor con su marcha, pero sí es cierto que le hubiera resultado delicioso mantener una relación de cierta envergadura con una mujer tan hermosa. Al final se recuerda con humor, porque sus amigos le estuvieron recordando que fue ridículamente abandonado por ella durante más de un año.

De modo que un soltero capaz como Isidoro acudía a la fiesta de Ada, la turca, dispuesto a reparar su honor burlado. Y lo haría precisamente con ella, la de las manos de peladora de romero, que se había convertido en su fijación más reciente, como ya se verá.

Por último, en los días previos a esta fiesta, el particular recorrido de Isidoro por la fe concluyó positivamente. Los postreros meses del año anterior habían servido para plasmar un contenido práctico a su inquietud religiosa y gracias a ello cogió la costumbre de asistir a la misa y celebrar la eucaristía. Estos meses fueron quizás el tímido emprender de un camino que podría durar de por vida, que inauguró asistiendo a las misas de la Iglesia de la Santa Felicidad, en la que los monjes todavía empleaban el canto gregoriano y a donde iba Isidoro Albizzi acompañado de una estudiante que había venido desde Solesmes, por la que sentía debilidad, a menudo para entrenar su conocimiento del canto.

Al margen del confuso cortejo que ella y el joven se trajeron por un tiempo entre octubre y noviembre, en esas semanas participó de manera recurrente, como ya se ha dicho, en el sacrificio de la eucaristía y llegó a aprender cómo se estructuraba una misa, de modo que se acercó significativamente a la vida católica; fue un acercamiento muy humilde, pero al menos tenía la certeza de hacerlo con la honestidad y el decoro que éste sospechaba que le faltaba a mucha gente que acudía a la iglesia…

Aun así, trataba de abstenerse de criticar a nadie, porque le parecía una conducta impropia. Poco a poco fue aprendiendo las oraciones y a comprender cómo funcionaban esas ceremonias que descansaban en buena parte en los misterios de la Iglesia, a menudo se mostraba sentimental y por desgracia siempre se le olvidaban algunas monedas para cuando recogían las gracias, repitiéndose que las llevaría la próxima vez para no pasar vergüenza. Le sorprendía la elocuencia de los curas y la milenaria tradición en la que estaba participando, cosa que le lleva a uno a comprender que quien piensa que la Iglesia ha muerto es porque no conoce nada de ella; por su parte, el desconocimiento del "protocolo" se debía sin duda a la ausencia de comunión. Aun así, como decía, asistió repetidas veces, aunque con poca regularidad, a misa de manera discreta, excesivamente discreta quizás, porque a veces sentía vergüenza por lo que otros pudieran pensar cuando precisamente el sacerdote de la iglesia de aquellos barrios decía que era deber del buen cristiano compartir su identidad con valentía ante los demás en nombre de Cristo.

A la altura del invierno, se sentía ya mucho más cercano a Dios y casi todas las noches recordaba irse a dormir rezando un padre nuestro y un par de oraciones a María. Sin embargo, lo que para él constituía un gran avance no era apenas nada, de la certeza de la salvación todavía le separaban la ausencia de Confesión y Comunión o Confirmación.

Este Isidoro, por tanto, llegó al final a la fiesta y procuró tratar a sus amigos con la mayor amabilidad posible.

—No puedo creer que hayáis esperado a que uno mismo llegue tan tarde —expresó Isidoro—. Venid, Olivia, Sabina, Mulvio, Girolamo, Bieito, Arnolfo, Lulú... Azucena, sucinto es lo que puedo decir, porque sólo verte ya me ha dado alivio...

—¡Dejad paso, dejad paso! —gritó Abelardo, apartándolos sin demasiada consideración—. Quitaos y hacedle así un pasillo y dejadme verlo. ¡Al fin parece que has venido! ¡Menos mal! ¡Sabía yo que no podías haber huido ni haberte excusado para no acudir a nuestra cita! ¡Ya veis! Sentaos, anda, que todo está listo.

—Pues sí, ya he llegado y no pretendo irme pronto, tranquilo —comentó el último de los amigos en aparecer—. ¿Cómo estáis todos? ¿No hace mucho calor y poco frío?

—¡Dame un beso fuerte ya! —exigió Azucena.

—Te lo doy ahora mismo.

—Tienes frías las mejillas. Tienes fríos los dos carrillos. Bueno, es igual, ¿qué hay? Cuenta todo eso que te ha debido entretener tanto como para llegar una hora tarde...

—Os contaré qué ha pasado... —Isidoro, de los Albizzi, se sentó como pudo en la esquina de uno de los muebles de platería, cruzando las piernas—. ¿Ocupado? Dejad sitio. Ah... Bueno, en primer lugar, perdonadme... Me ha cogido esta lluvia tan terrible que se ha cernido sobre mí de la nada y, por lo que veo, sobre Arnolfo, ya que hacía una noche clara hace un rato tan sólo... Y llego tarde. ¿Habéis visto cómo está la plaza? No, pues ni se ve de la tromba de agua que arrecia contra el pavimento. Es que ni un alma quedaba ya en los Oficios, de modo que me agarré al primer palafrén que parecía estar listo para llevarme hasta aquí, al otro lado del río… Le dije "hágame el favor de evitar el recorrido del Puente Viejo", sabed que no estarán recogidos todavía los comercios… El caballero que os digo se demora y va a cruzar, sin más remedio, me imagino, río arriba. ¡Y hasta fuera de los muros, ya en los pinos, fueron los cascos de sus caballos!, bastante dóciles cabría decir… Total, que tras ir al monte y corregir dos caminos (pues se perdió), bajó ya por los jardines, amigo Mulvio, los tuyos, llegando hasta Pitti. De ese atino me dormí además, para vergüenza mía, que la boca abierta he llevado el resto del camino.

Aunque la hombría pretendida de Isidoro no dejaba entrever el ahogo que llegó a sentir, ya en la noche las calles daban miedo con tanto hombre ocioso merodeando por las cercanías de la posta o la plaza de los Oficios, y es que la suciedad, la pobreza y la marginalidad de la urbe fue lo que más chocaba a los transeúntes… Algo que no lograban esconder los monumentos. Aquel día había una manifestación de carácter algo envalentonado por la cuestión republicana a las puertas de la Señoría, precisamente.

—Según lo cuentas no lo creo —comentaría Azucena. Era cierto que Isidoro tenía facilidad para cautivar al hablar.

—Como oyes… No me ha sido grato, pero estando aquí, ¿empezamos ya con esto?

—¡Aprended! ¡Con ese arrojo se viene al sagrado rito, al sagrado juego! Cierre para la puerta y los visillos. Que empiece nuestro momento, tan glorioso, tan antiguo (siendo nuevo en realidad).

V

De esta manera tan altisonante inauguraría Abelardo Pazzi el juego del Yo nunca por segunda vez, esta vez con algo más de éxito. Entretanto Isidoro se dedicó felizmente a alabar las virtudes de Azucena y a desplegar su contundente demostración de amor, totalmente platónico, haciendo hincapié en la envidia que sentía por su amigo Abelardo de manera fatalista. Ella despreciaba sus razones entre complacida y contrariada, también las de su esposo, ya que ambos jóvenes la idealizaban como mujer. Isidoro en seguida puso en marcha rápidamente sus métodos para causar una buena impresión a la anfitriona:

—Iba a saludar por supuesto a la señora Ada… ¡Señora! No la había visto y le debía gratitud por haberme acogido.

—Queridos, ahora os veo, que se quema la comida… —dijo Ada Gokcin de pasada.

—¡Pero, Ada, querida, salúdanos al menos por hacernos el honor! —respondió el joven.

—Es verdad, perdonad, que debo no haberos visto ni saludado todavía, ¡menudo despiste el que yo os demuestro! Y, ¿qué tal? Espero que me contéis vuestros asuntos, todos, ahora mismo, en cuanto traiga el vino… Disculpadme por las prisas, que por mostrarme solícita sólo descortés me muestro…

Abelardo la acalló extendiendo el brazo y apartándola hacia atrás con la suficiente gentileza como para que no pareciese un gesto brusco.

—¡Yo nunca he sido pillado en algún en la cama!

—"Un clásico de este hombre. Añoraba yo este juego" —Se decía María mientras lo miraba con una sonrisa eginética.

—Bebo —dijo Isidoro, siendo el último en llegar y el primero en levantar su vaso—. Mi historia se dio en un río, al fresco, en la casa de campo de una de las amantes que tenía cuando era más joven, una mujer inmadura y problemática… Encantadora, eso sí. Disfrutábamos del sol del verano sobre la ribera del río hasta que ella se sobresaltó al ver a su hermano pequeño haciendo como que cortaba las plantas de una frondosa selva con un palo, quien, cuando nos vio, se fue corriendo.

—Que contesten esos dos —prosiguió Abelardo con la aceptación implícita de la historia de Isidoro Albizzi y señalando a los Acciaiuoli.

—Bebo —intervino Lulú en el siguiente turno en boca de ambos—. Los padres de él nos vieron en el portal de su casa… Fue algo de lo más feo, tanto que sólo pude irme corriendo…

—Y yo di la explicación… —concluyó Girolamo con un reproche.

—Les toca a esos de ahí.

—¿Nosotros? —exclamó Bieito ante la orden del árabe—. Bebo. Una vez en el salón que teníamos para nuestras citas recreativas, cuando éramos más jóvenes, Isidoro abrió las puertas que daban a la calle y adentro pasó la gente… Y, claro, nos vieron a mi esposa, quien todavía no era mi esposa, y a mi ahí expuestos.

—¡Bebo! ¡De eso me acuerdo! —ratificó Olivia.

—Los esposos Rucellai… —El dedo acusatorio de Abelardo se dirigió al recién llegado Arnolfo—. ¿Alguna vez os han pillado en ocasión indiscreta?

—No entraré en esos detalles, pero sí os diré que bebo —diría la mujer.

—Pones la miel en sus bocas —observó el esposo.

–¡Di las obras y no el obrero! –Le recriminó Abelardo Pazzi en sus funciones de árbitro excelente.

"Un bozal para la vaca libre en el herboso prado" –Las ocurrencias de Mulvio nunca se alejaban de un registro hiriente y ciertamente violento.

–¿Curioso? –quiso saber Olivia–. Pues cuéntanos tú...

–Así haré: en un verano fui para Hungría con dos delegadas, donde hice pacto con una para terminar los asuntos que teníamos pendientes desde que salimos de las oficinas de esta ciudad, desgraciadamente la otra descubrió el engaño mío de dejarla entretenida con papeles... El destino, que brilló sobre mí ese día, quiso que convirtiéramos el enfado de ella en una fiesta mucho más interesante.

–Siempre presume de ello... –expresó su escéptica mujer.

–Anteayer Abelardo e Isidoro me contaron esa historia...

Bieito hacía así su aportación a la conversación colectiva que se creaba en torno al juego del Yo nunca, cuyos primeros pasos parecían darse sin obstáculos. Dando los amigos los primeros tragos, en proceso de llegar a una atmósfera más desenfadada, se hacía necesario colmar la mesa baja central con comida abundante, como todos desearían.

–Por otro lado, ¿os parece bien que haga venir hasta aquí a un amigo de mi confianza? –prosiguió–. Algo de hambre tengo ya, por eso estaba pensando en que nos traiga comida de alguno de los puestos que todavía permanecen abiertos, aun debajo de esa lluvia; que ya después de estar borrachos nos comeremos hasta las sillas...

En otro orden de cosas Mulvio se interesó entonces por el conjunto de las mujeres que allí estaban, una vez la sugerencia de Bieito había sido aceptada por unanimidad por el grupo de amigos.

—Valoro mucho que vuestras dedicaciones consistan en poner el genio de vuestro arte al servicio de los príncipes –dijo el joven Pitti a las chicas haciendo uso de la *lusinga* italiana–. Vuestro semblante es la fresca muestra de lo virtuoso, especialmente y por todo el tuyo, Sabina, dado que tú no has abandonado la danza y sigues en ella trabajando en tu día a día.

—¿Todo lo que bien has dicho lo piensas así de veras?

—Difícilmente mintiera y honestamente yo pienso que tengo mejor apego con las mujeres esbeltas, de buen porte y bien resueltas. Disculpad… Dejadme ver… Aunque es difícil saber a simple vista su tacto, tus piernas, como tus brazos, parecen gozar de músculos fuertes.

—¿Querrías tocar por ti mismo los músculos de mi pierna a ver si están fuertes para ti? –Le ofreció Sabina.

—¡Vaya, sí que está muy dura, está firme y está tensa, sí, sí! –Mulvio disimulaba su tensión por la clara trasgresión–. El gemelo te abulta bastante y esto de aquí parece una piedra.

—Esposo, quizás debieras no molestar a Sabina con tus cosas –recomendaba la perpleja esposa María Pitti–. Ten, querido, ¿me traerías un vino, un licor o cualquier cosa de beber que haya por ahí?

—Descuida, María, y deja que vaya yo a la cocina… –dijo Arnolfo Rucellai con la cara sombría–. Seguramente, como yo, tú también necesites beber lejos de esta escena.

María incluso sintió impresión por la mueca del marido de Sabina y redirigió la situación como buenamente pudo; tratando de cambiar el tema de la conversación se dirigió a Lulú para preguntar por su carrera como pintora.

–Así es, como decía antes, mi labor conlleva darles buenas pinceladas a toda persona de las buenas monarquías que lo requieran –expuso Lulú, de los Acciaiuoli–. Ofrecer también, si yo pudiera, pintar una mano más... otra virgencilla por ahí... cuatro amorcillos en lugar de dos (e incluso seis porque me den el doble de monedas).

–¿Así que razón es esa por la que en todos los cuadros sobran hombres y caballos? –preguntaría la amiga–. ¿Por pagar a más la pieza?

–Puede que algunos maestros engañen, pero yo nunca lo haría... Yo sólo saco partido a mi afán por la belleza y resulta que mi trabajo resulta ser socialmente necesario incluso.

María comprendió tan rápido como pudo que tampoco había agradado a Lulú. Por no mirarse las manos durante más tiempo se refugió donde se había estado refugiando durante meses años atrás, en Isidoro Albizzi, que para entonces era ya sólo su amigo; se interesó por sus pensamientos menos trascendentales y, sobre todo, por la razón de su retraso aquella noche.

María Pitti siempre había sido una persona emocional y vitalista, pero es acaso con los romances cuando la felicidad parecía mostrársele en su máxima expresión: en las relativamente largas temporadas en que apenas dormía acompañada, en que la vida civil parecía dilatarse y recurría a pequeñas escaramuzas amorosas tendía ella a cubrir los anhelos con la racionalidad, una especie de refuerzo lógico que pretendía reducir la magnitud del deseo amoroso de cara a sentirse mejor consigo misma; en ese momento se sentía, con una nostalgia traducida en feliz resignación, en la tesitura apropiada, pero cuando súbitamente se topaba con la pasión todo esto saltaba por los aires... Desde una posición ventajosa María se daba cuenta de la genuina compasión que tuvo consigo misma, cosa comprensible; pero acababa por entender que dentro del amor una no necesitaba demostrar ser plenamente feliz, simplemente se sentía así, con el pecho henchido de gozo y tranquilidad, es decir, como mínimo, satisfecha.

Esta verdad se desplegó de manera sublime ante sus ojos y al mismo tiempo resultaba siniestra si consideramos que ella sentía que sería condenada en su momento. Es decir, pensaba ella que en esos momentos se podía paladear el amor revelado, pero, habiéndose desvelado semejante verdad, la del desamor, tendría que afrontarla con honestidad en los períodos de vacío amoroso. Pese a todo, por encima de ello las personas allí presentes se mostraban en su plenitud ante ella en todas sus situaciones y contingencias; pensaba María Pitti "¿por qué alguien pena? ¿No lo debe tener todo al tenerse, al fin y al cabo, a sí misma?" En este punto, el ser humano alcanza su correspondencia en un estado superior, en una categoría ideal, es pleno cualquiera que sea su situación, porque, desde esta perspectiva, la del contemplador reflexivo, era capaz de reconocer Belleza en él.

Es por ello que hay Belleza en el amor y la hay en el desamor, si uno se abstrae... la hay en el transcurso entre uno y otro. Al menos esa era la cuestión que se iluminó en el corazón de ella.

Como ya se ha dicho, María Pitti tiró por la calle de en medio y se interesó por el retraso de Isidoro.

—Ama mía, fui a comprar los puros para la fiesta —Isidoro Albizzi la hablaba, pero miraba a la nada—. Mi María, fui a comprar vino para que se beba. Mi razón de haber tardado tanto no fue otra más que esa, en realidad.

—Me matas con la mirada, amigo… Quiero que sepas (y tómalo a bien), que a la vuelta de esta plaza está la tabacalera. Para la próxima vez. Y también la vinoteca, donde el Espíritu Santo, la iglesia que queda cerca. Si organizamos fiestas y eventos aquí de nuevo, tenlo en cuenta.

—Ya te lo he comentado, amiga —Con la misma altanería—. Compré puros y botellas de vino. Eso es cuanto hay que saber… Te haré caso, pero, atenta, que el tiempo que yo haya tomado para venir no ha sido tanto… Recuerda.

No se insistirá más en la terrible desigualdad de este intercambio de palabras, que fue interrumpido oportunamente por Girolamo Acciaiuoli. Desde dentro y desde fuera se veía con claridad la lucha que María había entablado desde hace mucho tiempo consigo misma, dado que era incapaz a todas luces de ignorar su amor por Isidoro Albizzi.

—En cualquier caso, aquí estamos con vino para la cena y puros para quien fume, y a mí servidme que beba… —concluyó Girolamo, quien se había acercado por detrás para hablarles de cerca.

Isidoro se alegró sobremanera al tratarse de las primeras palabras que intercambiaba esa noche con su viejo amigo. Lo abrazó y agitó su pelo de rizos, y le fue a dar la copa que éste había dejado en la mesa; cuando Isidoro se da cuenta de que estaba vacía, alarga la mano buscando alguna botella o jarra con vehemencia.

—Sí, sí, servid al muchacho cansado de la charleta política del consejo. Dadle vino para darle buena avidez en el debate y afición por la cama (que de eso ya hablaremos más tarde) – Fueron las palabras que Isidoro Albizzi dirigió a los presentes.

–¡Yo nunca he hecho el amor donde no se deba hacer! –Era la segunda ronda propuesta por el árabe maestro de ceremonias, que hacía con sus manos ademán de expectación–. ¡Venga, venga! ¿Nadie habla? No lo creo… Dad la cara, que, si no, mis palabras dirán aquí los secretos que yo me sé…

–Está bien. No nos lo hagas, no los digas… –intervino Isidoro Albizzi con prudencia antes de beberse medio vaso–. Una vez yo subí a una moza a un pino en España, ved que era un árbol amplio y se estaba más cómodo de lo que a primera vista podría parecer… Allí me olvidé unas prendas que nunca recuperé… Qué despiste, ya lo veis. En fin, si me dais unos minutos voy a levantarme para hablar con Arnolfo, no vaya a ser…

Ante la mirada de todos éste se dispuso a ir a la cocina, con tiento para no tirar ninguna copa interpuesta en su camino.

–Buen relato, aunque el mío es mejor, ya lo veréis –dijo Mulvio Pitti–. Contando yo ocho años y siendo un niño de colegio una niña sin más reparos que años me hizo probar algo raro que no tenía yo por qué… No sé si veis lo que procuro decir. En definitiva, también me hizo ver a mi amigo hincar la rodilla. Y sé que, aunque es gracioso contarlo sobre todo, fue una experiencia de lo más desagradable.

–¡Genial! ¡Para… que si sigo riendo vomitaré! –suplicó Isidoro, que había gripado a medio camino y se doblaba sobre sí mismo bajo el dintel de la cocina.

–¡Espectacular! Me toca –María Pitti intervendría ahora contando su anécdota, por la que hay que reconocerle una cierta valentía o arrojo dado que tenía que ver con dos de sus amigos,

Isidoro y Girolamo–. Mi caso es turbio; al final del anterior verano estaba yo durmiendo en mi casa de campo con alguien a quien no mencionaré y en la cama de al lado estaba durmiendo ese de ahí, Girolamo, y… ¡Lo siento!

–Aquella noche temblé… –dijo reprimiendo aquel recuerdo tormentoso–.

Isidoro dejó de reír y fue a reunirse tras la puerta con su amigo, Arnolfo Rucellai.

–El pobre escuchó cosas aterradoras sin que yo me diera cuenta, a cuenta de lo que pude beber… –expresó María–. Pero debéis saber que no lo hice a propósito y que ni siquiera puse atención en ello.

Girolamo siempre fue un joven equilibrado, aunque atormentado, de esos que insisten en dominar la vida con el pensamiento. A lo largo de esta noche guarda la compostura y la normalidad con una resignación feliz, saludando a todos y siendo afable con ellos, mientras está sobrio. Desde la comodidad, aunque también desde el rigor, comenta con preocupación las novedades políticas de la ciudad y debate con los demás.

El joven intelectual precisamente sería, aunque feliz, el menos afortunado de todos… Cargado de trabajo militante y una extraña y pequeña depresión por no poder desempeñar su trabajo académico en buenas condiciones, pasó de un plácido viaje en los brazos de Lulú Fidenas, ahora, Acciaiuoli, a tener que pasar por la marcha de ella, que ya en septiembre se encontraba viviendo sola en Volterra.

Él no parecía desanimado a pesar de su ausencia en las noches de amigos y pudo sin embargo acompañarlos en la biblioteca de la academia en las tranquilas y jocosas tardes de estudio. Como a nadie le amarga un dulce, no se puede olvidar que también pudo viajar a la hermosa ciudad de Praga con algunos compañeros suyos. ¡Ah, Praga! Hermosa urbe a donde también viajaron Arnolfo, Bieito y Girolamo para atender al estreno de no se sabe qué ópera bufa... con sus mejores galas.

Sin embargo, Girolamo Acciaiuoli expresaría que tampoco pudo disfrutar de su verano en el reino bohemio, que él definió como frenético, pues un extraño estrés le llevaba incluso a desear volver a casa, a Florencia.

Cierto es que tenía problemas con la bebida, el tipo de problemas que sufre quien nunca bebe... La primera fase de borracho de Girolamo Acciaiuoli es la de disponerse a beber, a coger por primera vez la copa por la belleza del propio acto, por su retórica... La segunda es la de beber con gusto, dándose cuenta de su propia embriaguez, atrevido; la tercera es la de borracho pesado que vuelca sus obsesiones, principalmente políticas, sobre los demás, gangoso y repitiéndose, incluso algo lascivo cuando el tema del que se habla es más desenfadado. La cuarta es la del mareo y el vómito, seguido de la tristeza por su ruptura.

Cosa cierta, porque se había separado de su mujer sin nulidad eclesiástica, y por el momento eran incapaces de superar esa fase de amantes que se visitan en clandestinidad. De esta guisa actuarán con perplejidad a lo largo de toda la noche, con el estómago encogido por la sugestión de estar actuando con artificio e indebidamente, con la vergüenza agudizada de querer parecer entero estando roto por dentro. Acabará Lulú cuidando de él en una escena tan patética que resultaría entrañable, como se verá más adelante, pero lo realmente fascinante era ver cómo un vaso tras otro la argamasa de su amor, que estaba frágilmente recompuesto, iba haciendo más crujidos cada vez, al tiempo que los provocativos "yo nunca" de Abelardo Pazzi, el árabe, espoleaban su espíritu a medida que se iban proponiendo.

—Te perdono sólo porque yo necesito que Dios me perdone, por lo que ahora vais a saber: yo yací con una mujer en la iglesia de mi pueblo al no tener casa donde acudir... Fue con ella, ¡con ella fue! —dijo mientras señalaba a Lulú Acciaiuoli, aunque quizás convendría más devolverle su apellido familiar de Fidenas.

—¿Por qué lo destacas? —quiso saber ella—. ¿Con quién ibas a yacer tú si no pues?

—Es solamente una forma de hablar... Así que ya veis...

—Por tonto te has condenado, por ti no queda ya nada que hacer... —bromeaba Olivia Dietislavi—. Pues una vez, cierta tarde, en medio de una clase del seminario de nobles en que me estaba aburriendo sobremanera se me ocurrió un ingenio, anduve hasta la puerta de la clase del curso superior donde acudían a sus lecciones Isidoro y Bieito, llamé con educación y comuniqué al profesor asomando la cabeza que la dirección requería la presencia de éste, mi marido, por asuntos administrativos. Una vez se hubo marchado de clase yo, evidentemente, me lo llevé a otro sitio.

—¡Y qué bien me lo pasé! —Intentaba decir Bieito riendo—. Cada vez que lo recuerdo me cuesta contener la risa...

Bieito Dietislavi se marchó a la cocina porque su vaso se había quedado vacío. En el salón quedaron todos, riendo y alzando la voz a menudo debido a sus primeros y segundos tragos por los que ya iban; todos menos Ada Gokcin, que acudió al salón desde las habitaciones que todavía estaba ordenando con cierta crispación y la boca torcida para echarles una bronca tímida.

—¿Creéis que el ruido que me estáis haciendo es propio de unas bailarinas profesionales? ¿Es normal que tengáis herraduras en los pies? Por favor, hacedme caso… No gritéis ni deis los pasos con tanta fuerza, porque las familias que viven debajo de mi hogar se pueden enfurecer…

—No son tan respetuosos como yo, discúlpales —rogó Girolamo con falsa modestia antes de andar hacia la cocina también.

—Entonces sé buen amigo y enséñales por mí —sugirió ella.

Al otro lado del salón, en los sillones que ya estaban algo desmantelados por el sentarse y el levantarse de los presentes, Abelardo abordaba a Olivia Dietislavi, que acariciaba y desempolvaba las plumas de su sobrero, bastante pintoresco.

—¡He rezado por tener unos minutos para hablar juntos! —Se mostró zalamero—. ¡Ah, qué noche! ¿Me ves feliz? Pues lo estoy y es por ti, y por mi amada también, claro…

—De vosotros no pensé que os fuerais a amar tan fuertemente. No dejas de sorprenderme… No, no dejas de sorprender —dijo ella inclinando la cabeza.

—Mejor no se puede estar y ella dice que es el mejor amor que hay, o que ha tenido cuanto menos. Tan bien como tú con Bieito (¡Ya ves!) estoy yo con mi pareja.

—Y se te ve, se te ve. Y como estamos tan contentos y hay que celebrar la vida en justa liberalidad voy a ir a por nuestros vasos, y vamos a beber. Espérame aquí, que yo… ¡Pues ya volveré!

Al tiempo que Abelardo Pazzi maldecía morbosamente a la condenada Olivia en su cabeza buscó con avidez alguien con quien hablar íntimamente. Cuando descubrió a Azucena dei Neri sentada en la misma bancada a un par de metros, siendo que antes se la tapaba Olivia, se escurrió como un gusano hasta ella buscando su regazo y sus palabras aduladoras, siempre precisas y reconfortantes.

—¡Mi Azucena! Ven, querida, ven conmigo, que el tiempo que sin ti he estado más duro no pudo ser…

—También a mí me aprieta la garganta cuando no estás —dijo ella, quien no tardó en coger su cara con las dos manos—. Pero sé discreto, mi hombre; habrá tiempo para amarnos bien y para el buen querer más tarde.

Sabina entonces procuró salir de su silencio, en el que había estado desde el desplante de Arnolfo Rucellai. Lo hizo con bastante torpeza para la manera en que acostumbraba a relacionarse, todo sea dicho, pero, como fuere, resultó inoportuna para el íntimo momento de la pareja de Abelardo y Azucena.

—¿No cuentas nada, Azucena? ¡Hay que ver! Tu discreción se disfruta… Los hombres se han ido con la música a otra parte, a la cocina si no me equivoco. Por mí, viendo que ninguna de las demás calla aquí, como me estoy agobiando un poco voy a ver a mi Arnolfo, que la cara antes se le ha puesto un poco… Confusa.

De esta manera anduvo hasta la puerta de la cocina a través de la cual se oían sentencias subidas de tono y alguna expresión vociferante de Arnolfo, Bieito, Girolamo o Isidoro, que eran los que estaban allí. Sabina puso la oreja.

–Teniendo en cuenta todo lo dicho, ¿dudáis de su mano dura? –expresó Girolamo Acciaiuoli–. Se sabe ya sobradamente que esta familia cada vez que hay una guerra procura establecer maniobras de control electoral, de manera más velada o más provocativa, según convenga. Me temo que esta ruptura con el duque de Milán sólo nos va a augurar males y más males...

–Paciencia para esta tesitura tan delicada, que aunque los medíceos siempre nos procuran dificultades, los republicanos como nosotros siempre nos las hemos arreglado para actuar con cordura, devolviéndole el sistema de votos por lote a esta ciudad embrutecida o, en su defecto, forzando el establecimiento de fechas límite para las legislaturas largas propias de los tiempos de guerra –de esta manera procuró Bieito calmar los ánimos en la cocina.

–¿Paciencia cuando el gobierno de Florencia nos amputa las prerrogativas? –Se quejó Arnolfo–. Debes notar cómo se acumula en este país el autoritarismo: ahora los mandatos de los otros duran años en lugar de meses, las elecciones-por-lote mutan en elecciones-a-mano (con lo que esto significa, cosa que notaréis cuando sus funcionarios traten las bolsas públicas como si fueran sus bolsos personales...) y con este nuevo conflicto se va a implantar la censura...

¡Ved que lo ya discutido no se discuta otra vez! –exigió Girolamo–. Y a ti, Isidoro Albizzi, ¿te ha ido bien con lo que te fue encargado?

–¡Sí, pero no se hable más! Porque me crispáis. Ya la gente va a empezar a sospechar y a tener dudas como sigáis hablando de lo mucho que me he retrasado. Basta.

—Calma. E insisto, tened paciencia. —Bieito sentía la necesidad de contener a los litigantes—. Saldrá todo bien. Al menos podemos aprender una cosa y es que, sin duda, no les hemos podido controlar con ninguna buena maña; que vayan al destierro a estas alturas...

—¿Por qué apenarse? —dijo Girolamo—. Alegraos si la facción que más o menos hemos conformado nosotros restaura las cosas de la República, con o sin "legalismos"... Ellos desterraron una y mil veces a los nuestros; a tu familia, Isidoro, ¡cien años hace desde que la expulsaron!

—Sí. Y aquella fue una mala disputa... Puede que nos venga grande también ésta, nuestra lucha —planteó Arnolfo Rucellai.

—Pero, Arnolfo, ¿por qué temes? —preguntó Bieito—. Ríe, tú, que estás disfrutando buenamente del vino mientras las calles se prenden en llamas. Y eso con la lluvia que está cayendo...

—No es sino por Sabina por quien ciño mi amargura, como siempre... Así que no temáis, no temo ni la muerte ni el destierro, como no temo que me torturen tampoco. "Bienaventurados los que lloran, porque serán consolados", según la Palabra.

—¿Aseguras que estás bien? —quiso saber su amigo.

—Sólo es pena inoportuna —concluyó Arnolfo.

¿Cómo describir la pena infinita que sentían los Rucellai por su amor? En un momento determinado Sabina quiso romper el compromiso que contrajo con él, si bien no dejar de verlo, dando lugar a una situación ambigua e incierta. Lo cierto es que la joven necesitaba recobrar la noción de un sentido dentro de su amor, que se estaba haciendo cotidiano; de este modo, ocurrió que al tratar el problema con su esposo no recibió la tolerancia que hubiera gustado, sino una tajante negativa, motivada por principios que incluso echaban sus raíces en las desavenencias ideológicas que habían sufrido ambos. Sabina le consideraba conservador creyéndose ella progresista, mientras que Arnolfo se tenía a sí mismo por liberal y a ella, por una libertina; ella sentía una filiación política más bien populista, estando él, en contraste, más inclinado hacia la aristocracia. Con esta premisa, entre los dos estallaban conflictos bastante frecuentes por una razón recurrente, la de siempre: otros hombres.

—Zanjado tu asunto, centrémonos en obrar bien y sin fisuras, porque si fallamos en esta ocasión determinante en lugar de legar una ciudad justa dejaremos una llena de cadáveres... —advertiría Girolamo a sus adeptos.

—Bien dicho —secundó Bieito—. Tú, por tu parte, Isidoro, asegura que las agrupaciones de los barrios de la ciudad han acompasado sus acciones y marchen al mismo tiempo hacia las puertas de la Señoría...

—Yo ya he cumplido, ¡que otros cumplan! Voy a beber y a mirar los pechos a Ada... ¡Y que zurzan a todas las grandes familias de mierda de este lugar!

En contra de la condescendiente prohibición de Sabina Rucellai, Isidoro había conseguido llamar la atención de la joven anfitriona, la de las manos de arpista, de modo que entre ellos ahora mediaba una tensión maravillosa. En torno a ambos los palomos y las palomas empezaban su juego de flores y cortesías; cuando la muchacha descubría sus plumas bien coloridas a él se le torcía el morro y se le hinchaba la camisa, pero el joven se le aleja, gallardo como un torero, mirando atrás y dejando migas de pan con la vista, con el trapío excelente de un traje de luces finas, agitando el brazo y levantando a todo el graderío. Y es que era difícil hacerse una idea de lo bien que cortejaba Isidoro, un hombrecillo capaz, sin embargo, de seducir a lo más granado de la oligarquía...

Hay que reconocer que ella también sabía ceñirse el manto a los hombros y agitarle a él los flecos, haciendo sonar su florete, levantando la barbilla, y lo que siempre seguía era un duelo de espadachines en su Galería de Espejos particular. Cuando parecía que uno y otro ya podían tenerse, Ada se volvía y se marchaba por ganarse aún con más seguridad la compañía de éste, quien, a pesar de que veía cómo los faunos se reían de él, les increpaba a cuidar su barca de hábil pescador mientras fuera detrás de ella, cuyas faldas le habían dejado surcos para sus semillas.

–¿Persiste mi buen amigo en ir detrás de la turca? –observó Girolamo Acciaiuoli tomando del brazo a su compañero y hablándole al oído–. Porque temo que todas sus apuestas van a caer en saco roto...

–Y más teniendo ella a su esposo... –Bieito Dietislavi también se mostraba escéptico ante la misión de Isidoro, aunque sin el engañoso filtro de la envidia– ¡Aunque monturas más duras ha domado, ojo! Y, si tenemos en cuenta que ella se deja a medias... Bien se sabe que la sarna si es con gusto no pica...

Las paredes de la cocina de Piero de Lorenzo y Ada Gokcin eran testigo de todo cuanto se planeaba esa noche. La habitación estaba destinada sólo a las comidas, en un sentido bastante moderno, dado que había otras estancias que cumplían las funciones de almacén.

En sus encimeras, sillas y mesas se apoyaron los interlocutores, quienes eran observados desde lo alto por una galería de cerámicas que parecían los pequeños búhos de una larga rama. El ventanuco de allí daba al *cortile* del pequeño palacio, un patio ajardinado con arquerías, que resultaba muy hermoso en aquel momento porque, aunque en plena oscuridad, la luna arrancaba brillos en las tejas y las hojitas mojadas por la lluvia; estos chubascos producían una cadencia sugerente, un sonido continuo, y un olor húmedo disparaba aún más los sentidos de Bieito, que había asomado su cabeza por la pequeña ventana poniéndose de puntillas.

—Caballeros —intervino Arnolfo—. Abelardo nos hace señas, ahora deberíamos volver al salón sin más demora.

De este modo se quedaron Girolamo Accciaiuoli y Bieito Dietislavi de pie en aquella habitación, habiendo vuelto a la sala principal Isidoro y Arnolfo.

—¡Señor Rucellai! —exclama Mulvio Pitti con su licor en la mano—. Véngase. Siéntese junto a su esposa y conmigo, que esta noche va camino de coronarse como una de las más divertidas que hayamos visto.

—¿Cómo decir que no a tan buena invitación? —repuso Arnolfo—. "Cierto que a la fuerza ahorcan…"

Abelardo Pazzi entonces volvió a colocarse en el centro de la sala como centro de las atenciones para preguntar si ya estaban todos listos otra vez y reanudar el juego. Como veía que no, rogó con paciencia a los presentes que se dispusieran para otro "yo nunca", argumentando que si se habían reunido era por este noble propósito. Tristemente los dos hombres que permanecían en la cocina no tomaron conciencia del aviso, pero lo peor fue que el árabe maestro de ceremonias fuera ignorado por la mayoría de sus amigos y amigas.

—Pareciéndome que no, ahora creo que el vino de la señora efectivamente nos ha golpeado. Mirad, mirad cómo se acomodan todos… —sugería Mulvio.

Sin mayor interés en las conversaciones vulgares del salón, es preciso hacer una radiografía de las razones que se esgrimían en la cocina para establecer un plan de acción por los dos miembros de la facción republicana, Bieito y Girolamo.

—Asómate —dijo el primero de ellos—. ¿Cómo están las cosas por ahí fuera?

—Abelardo Pazzi intenta volver al "yo nunca", cosa que no parece lograr…

—Veo que también se han formado grupos.

—Todas las personas que veo desde aquí parecen estar hablando cálida y cómodamente —comunicó Girolamo—. Se consuela ahora el árabe bebiendo ya que no puede jugar y, aunque me apena, a falta de pan buenas son las tortas…

—Están felices porque no saben que esto ya se desmorona, ¡ja! —dijo Bieito, acompañando sus palabras con un trago—. ¿Cómo no nos dimos cuenta de todo lo que se estaba tramando en los pasillos de la Señoría? Esta familia venció a sus enemigos Pazzi con tal contundencia que en unas horas los subordinaron poniéndolos bajo su propia protección, es decir, en el bando contrario… ¡Tan grande fue su derrota! Y del mismo modo otras tantas. También te digo que no me extraña: Abelardo Pazzi se comporta como un mono, alborota a las mujeres y vive rodeado de alcoholes; darle el poder político, sea de la clase que sea, sería como darles margaritas a los cerdos… En fin, con todos los oponentes derrotados la corte de Piero sólo tuvo que elevar a los cargos a su propio elenco de ediles, que como ya hemos hablado antes juegan a su antojo con las bolsas electorales.

—Sí, eso ya lo sé —diría Girolamo.

—Evidentemente gozan de resultados históricos; guardianes, gonfalonieros y toda clase de funcionarios operan cobrando en la sombra... En definitiva, un gobierno personal de facto para toda la Toscana, cuanto menos para la archidiócesis si contamos con la connivencia del arzobispo, ¡y toda la culpa es nuestra por imbéciles!

—¿Nuestra por qué lo iba a ser?

—¡Porque sí! —Se limitó a decir Bieito.

—¡Pero razona! —exigió Girolamo.

—Por pusilanimidad, por tener la mano tan blanda como el cerebro. Poca oposición ejercimos ante la gloria de hombres grandes, Cosimo o Lorenzo, ¡a los que adoran todos en esta condenada ciudad! —El joven Dietislavi parecía realmente agobiado.

—Una gloria mal llamada y te digo por qué, ya que sólo tienes que tomar un poco de perspectiva —contestaba Girolamo, quien ya se había agarrado el primero de los dedos con los que iba a hacer un recuento de fracasos políticos—. Del concilio con los griegos de hace ya unos cuantos años no se sacó adelanto alguno, que yo tenga entendido... Los monumentos erigidos por el viejo Cosimo trajeron la ruina a buena parte del campesinado, oculta por una aparente riqueza de lana, manufacturas y bancos; y el nieto, Lorenzo, ya se sabe, mucho ruido y pocas nueces... Mala hierba nunca muere. Más. Sus buenas leyes, alabadas por muchos, quedaron en el tintero dado que su ejecución no fue...

—Sí, pero se trabajaron una fama indispensable —argumentó entonces Bieito—. Han sido unos buenos años donde se coronó la catedral, se dominó a los pisanos y se sucedieron una serie de gobiernos que trajeron un prestigio alto a la ciudad, y eso viniendo de aquellos años de enfermedad y plagas. ¡Y dime si no se nota el desempeño del poder por los hombres mediocres de ahora! Pues de la buena concordia lograda, quieras que no, por la diplomacia de Lorenzo se ha pasado en un abrir de ojos a la guerra deshonrosa de Piero, el inútil ese… ¡Guerra! Instancia terrible para la poca república que ya queda…

Bieito bebió de un trago su vaso por segunda vez, cosa que lo ayudó a estar más calmado. Girolamo comentó que la situación era más predecible, teniendo en cuenta que los consejos ciudadanos le habían dado el bastón de mando a alguien que ni siquiera mantenía el orden en su propia casa… Que comparase si no con la cuestión de Ada e Isidoro.

VI

–Chicos, ¿vais a venir? Porque quiero que vengáis –Olivia entreabrió la puerta para convocar a los dos amigos.

–Estamos tratando cosas...

–Girolamo, siempre estáis tratando cosas que parecen además causaros pesar o atormentaros. Dejad de hablar. Vente. Vente –Olivia instó a los dos a que salieran de la cocina tras ella.

María llevó a Olivia Dietislavi unas telas que había pedido. Las compró en uno de sus viajes a la ciudad lacustre desembolsando una buena cantidad de dinero; solía hacer esas escapadas en su afán de convertirse en una mujer cosmopolita, por la pretensión de la sofisticación que le llevaba a adquirir trajes y complementos con los que además podía presumir en su tierra natal, con su gente de siempre.

–Estas mismas telas pedía yo. ¡Mirad, gente! –decía la joven.

–¿De esta suerte que tú también nos vas a bailar como aquellas de allí? –Abelardo trataba de provocarla.

–Si requiero vuestra atención es para que me ayudéis, pues os creo muy inteligentes y formados en la norma del gusto, y seguro que me dais una opinión buena sobre mis prendas. Mirad este peplo a la antigua. Cuesta...

–¿Pocos florines? –preguntó el árabe maestro de ceremonias.

–Sí, siete –repuso Olivia poniéndole caras–. Y mirad que no se pega. Encima de él va una capa a la flamenca, bien en rojo o en verde, ¿no os parece deslumbrante? Junto con la pañoleta y las calzas me ha costado trece solamente. Y, bueno, ya sabéis que a una mujer desenvuelta no le pueden faltar pieles de castor...

—¡Si ya no quedan! —era cierto lo que decía Abelardo sobre la desaparición del castor europeo, pero a él verdaderamente le daba igual.

—Sí para mí, que vendrá de otros continentes —prosiguió—. Y mira, especialmente tú, María: más enseres que deberías comprar siempre que visites Venecia (y no temieres gastar como lo hago yo, porque siempre merece la pena) son estas cintas o, si lo prefieres, el sombrero que las ciñe... Por algo como esto estimo que te podrán pedir dieciocho o diecinueve florines, y no fue mala ocasión comprarlo porque es raro encontrar una prenda así que resulte tan femenina como esta. Tenla.

Mientras duraba su visita al norte del país Olivia se preocupaba por escribir a su padre y a su madre desde allí, cosa que cumplió, aunque no pudo leer todo lo que le hubiera gustado en la casa de acogida debido al cansancio. No sería extraño que alguien que visitara aquella ciudad abrazara la confesión católica, el arte allí no parecía degradarse al salir fuera de la Iglesia, porque no salía de la Iglesia aunque estuviera en la calle; eso pensaba Olivia Dietislavi. Ella esperaba que en sus próximos viajes tuviera tiempo para profundizar más, para estudiar arqueología, historia, contemplar pausadamente la arquitectura (si bien de manera superficial), etcétera.

Por la exposición que la joven había hecho algunos se mostraron sorprendidos y otros escépticos, pero es necesario reconocer que al margen de si la propia promoción personal de Olivia resultaba convincente o no, la pasión certera que sentía ésta por el mercado de la moda y el gusto estético imprimía en ella una fuerte personalidad.

En buena ocasión Abelardo terminó de beber su tercera o cuarta copa para dar paso al tercer o cuarto "yo nunca", que le había venido a la cabeza sin planificación alguna.

—Prestadme ahora atención, porque la esposa Dietislavi me ha dado una idea —rogó interrumpiendo a su amiga especial—. ¡Yo nunca he mirado el culo de Olivia! Os ruego que no seáis insinceros y como muestra de buena voluntad seré yo el primero que beba...

De un trago se tomó la mitad de su copa de fino cristal. Los presentes ya sentían que las proposiciones de este tipo empezaban a picar y sin duda irían siendo más desafiantes cada vez, pero, bueno... Todo lo que va planteando nuevos retos, mayores cada vez, suele resultar estimulante.

—Yo al ser ella mi esposa miraba sin discreción alguna. Ni la más mínima —confesó Bieito con su desenfado natural, que había recuperado entonces.

—¡Hay que ver! Que no estaba escuchando. ¿Qué preguntabais, perdón? —solicitó Arnolfo Rucellai.

—Que quién miraba el culo a nuestra amiga Olivia.

—Yo bebo de... esta botella —comentaba Isidoro, jocoso—. Pero es por otra cuestión...

—Siempre que no me juzguéis beberé. Qué vergüenza... —dijo por su parte Mulvio Pitti acabando su cigarro.

—No hay de qué avergonzarse... Con su figura y la ropa que suele llevar lo normal es que a Olivia le hagan piropos con profusión —María también intervino en el juego alabando a su amiga.

Olivia a raíz de esas curiosas confesiones se fue ruborizando verdaderamente, sintiendo más satisfacción que vergüenza, todo sea dicho. Se fue a sentar con María y la abrazó, por el hermoso gesto que habían sido sus halagos. La joven Dietislavi se frotaba las manos y tosía de vez en cuanto, ya que la atmósfera del salón, para desesperación (disimulada) de la dueña de la casa, era una auténtica nube de humo de fumar; parecía que estaba a punto de entrar la Reina de la Noche desde las habitaciones del fondo. Olivia hizo una muestra excelente de su ya trabajada falsa modestia:

—Aunque adulada, vuestra admiración es demasiado grande para mí...

—No digas eso. Es la justa —aclaró María Pitti–. ¡Y con razón! Valora bien tu belleza, que no todas somos buenas en ese propósito... Ay, ¡qué daría yo por parecerme a ti!

—O has hablado bien queriendo equivocarte o te has equivocado por intentar hablar bien. Vamos a ver, yo pienso que una siempre será guapa, sea como fuere, si tiene un poco de preocupación por serlo. Estás a buena ocasión todavía de vestir con cierta elegancia y prendas algo mejores, y ser más feliz, y de tener por la comida... menos ansia, o bien algo menos de fruición... —Fueron las palabras que Olivia Dietislavi dirigió a su buena amiga.

A María la consolaba que Olivia pensara de ese modo, pero se notaba ciertamente que viendo cómo vestía solía sentir envidia con la comparación. Confesó a su amiga que sólo se sintió plenamente feliz, es decir, sin mediación de la inteligencia, sin esfuerzo por sentirse feliz, en el carnaval, en una espiral de festejos, bailes, máscaras y ebriedad. ¿No parecía una verdad terrible tener felicidad sólo cuando una no era precisamente una misma, sino otra?

María por tanto vivía obsesionada por lo relativo a la belleza, como ya se pudo intuir por sus teorías de lo bello y lo amoroso. La aprehensión de la Belleza era el descansillo de las frenéticas escaleras de su filosofía. En la búsqueda fútil de un sentido metafísico para las empresas de la vida, una razón sin la cual no hay motivación para cualquier cosa, para María Pitti la belleza parecía salvaguardar ese rastreo interminable; se disfrazaba de sentido y lograba suspender en un punto toda la verdad del mundo. Lo malo complementaba a lo bueno, lo feo, a lo hermoso; lo lento, a lo rápido; etcétera, recreando un equilibrio singular. La "espiral" en ella parecía detenerse y se hacía observable, estudiable y disfrutable por un instante desde la categoría de Belleza y ésta sentía una complacencia paternalista hacia el mundo que bien podría sostener en sus manos y sobre su pecho... Sin embargo, era precisamente la vida de la joven Pitti en constante movimiento y tensión la que dotaba de sentido a esta posición contemplativa suya, porque creaba su necesidad, la avalaba para que ella pudiera concebirlo a su vez, del mismo modo que no habría fiesta sin normas, o contemplación sin descenso fecundo.

Resultaba fascinante, pensaba María, si no maravilloso... Pues al fin y al cabo el estadio ideal de lo bello también era una realidad dialéctica, en el amplio sentido de la palabra... de hecho, en un sentido más amplio de lo que jamás ella llegaría a imaginar. María Pitti era una adicta a la belleza del amante trágico y se sentía impelida a la constante aventura del amor y el desamor.

–¿Y acaso no volviste más desenfadada y más esbelta? Quiero realmente decir más delgada –argumentó Olivia–. Sabiendo que una diversión como es el carnaval procura muchas,

muchas fiestas, quizás fuera uno de los caminos no necesariamente malos para recuperar la ilusión. Te aconsejaría yo ir a Roma o a Venecia por la Cuaresma o por los ya tradicionales carnavales. Y si realmente desearas ser una mujer más bella, esbelta y segura de ti misma, irías y con suerte volverías aquí sin las marcas esas de resignación que veo en tus ojos...

–Tienes razón diciendo que... perdí peso, pero todo se debió al ejercicio constante de la fiesta y a las continuas drogas (muy buenas, por cierto). Eso no se sostiene... fíjate que nada más volver a mi ciudad recuperé todo lo que había perdido –explicaba María Pitti.

Entretanto Ada, la de las manos de vertedora de mieles, había traído al salón una nueva remesa de aperitivos de queso y botellas varias, que presentaron un verdadero desafío físico y moral para los bebedores, quienes se rieron al ver tantos licores nuevos.

–Pero sí... –repensó María–. Creo que me voy a comprar prendas y utensilios nuevos para empezar. Muchas gracias, querida, por llenarme el corazón...

–No las tienes que dar.

–De hecho, por sentirme mejor ahora voy a seguir bebiendo sin tanto control sobre mis actos, bailar y reír un poco también. Quizás así pierda ya esta tensión tan aburrida... –de esta manera concluyó la joven Pitti su charla con Olivia Dictislavi.

Abelardo Pazzi llamó la atención de nuevo para el Yo nunca ahora que había cogido ritmo y se le disparaban las ocurrencias. Sugirió si alguno de los presentes alguna vez había robado a los mercaderes pisanos o se había enfrentado con éstos.

Arnolfo quiso beber, aunque es cierto que ya lo hacía más despacio. Su historia tenía que ver con su habilidad con las manualidades, ya que contó que en una transacción entregó a los mercaderes de la ciudad de Pisa diez monedas de oro que no era oro; presumía de haberse guardado de pagar con monedas de verdad teniendo en cuenta que habría sentido su orgullo herido si hubiera tenido que retribuir los gravámenes que establecían allí por las ventas.

En el sillón de enfrente Mulvio bebía también. Contó a los amigos que una vez engrosó las cuantías de un contrato que tuvo por las clases que impartía en esa ciudad.

—¿Tenemos aquí un ladrón de tan notable familia? ¡Ja, ja, ja! —evidenció Arnolfo Rucellai con su torpe malicia—. Mulvio Pitti especulando… ¡Por favor! ¿Quién lo fuera a decir?

—Ladrón no, porque no robé, que en un acuerdo de cualquier tipo siempre hay dos firmas… Monedas falsas sin duda les pagaría yo también a esos desviados pisanos, pero no tengo, las mías son todas de verdad —respondió Mulvio al celoso amigo.

—¿Con tanta calma estafáis como quien va al río a pescar truchas? —dijo Lulú Acciaiuoli sorprendida al tiempo que Mulvio negaba con la cabeza gacha.

El caso de Lulú era algo menos acusado: había pagado a unos mozos extranjeros para que dieran un pequeño susto a la joven vendedora de un puesto que en un día de mercado se situaba próximo al suyo, acaparando las ventas de los nuevos libros que se imprimían entonces.

—Bien hiciste, eso seguro —la felicitó Mulvio Pitti—. Y piensa que no es avaricia robar por enemistad… Por eso cuando yo lo hice, que más bien no lo hice, fue por proteger a mi ciudad… de la competencia y esas cosas. Voy ahora a por lo que traía; no me quitéis mi sitio.

El cínico Mulvio se dirigió a las habitaciones para consultar no se sabe qué de su cartera. Mientras tanto, Lulú bebió poco a poco todo lo que había en su vaso. Y eso que era una bebedora famosa por tener corta la mecha… Ella sabía que sólo la motivó la envidia para actuar así, pues, ¿qué remuneración iba a necesitar una joven aristócrata dedicada por entero a su individualidad?

En un lugar distinto del salón Sabina y Azucena se juntaron por hablar, ya que no habían podido compartir casi palabras desde que llegaron hace más de tres horas.

—Amiga, nunca te he preguntado esto, pero, ¿dónde aprendiste tú a vestir como lo haces, con ese gusto tan característico tuyo? —Quiso saber Sabina Rucellai.

—De mis padres, es seguro, ya que ellos suelen compartir conmigo las razones de su estilo, me regalan prendas y telas cuando me comporto bien, me orientan y me aconsejan también —dejó saber Azucena dei Neri.

—Deben vestir bien. Me gustan particularmente las medias que traes hoy…

—¡Qué amable eres siempre! Son para mí buenas, la verdad, sobre todo por su fino hilo; me costó encontrar algo similar por esta zona.

—Pues lucen muy bien en tus piernas, sin duda, lo dicho… expresó Sabina.

—¡Qué halagadora, Sabina! —dijo Azucena con su espléndida sonrisa—. Trato de cuidarme, amiga, ahora bien… Si me comparas con Olivia verás que nunca alcanzaré el estilo que ella tiene, ¡Vamos!

Bieito entonces asumió su turno con entusiasmo para relatar la historieta de cómo robó en las galerías gremiales de Pisa. Su suerte fue adversa, puesto que no sólo la competencia ciudadana se vio perjudicada, sino que fue cogido en delito flagrante por las autoridades y recluido en las dependencias de la guardia civil pisana. Cierto es que un joven de su posición, con un impecable expediente en las academias y un ejemplar comportamiento ciudadano, virtuoso en muchos sentidos, no padecería bajo las leyes con contundencia, pero había manchado el nombre de su familia y su ciudad en el extranjero; en el tiempo de aquella noche esperaba ser procesado en un juicio sine die y hasta que le dictaran sentencia tendría que aguantar los reproches de todos sus familiares, quienes, con razón, culpaban a su tontería juvenil.

−¿Con traficantes y pobres de uno y otro país? −Se mofó Isidoro.

−¿Sin dar a tus fiaderos noticia de estar allí? −Azucena se sorprendió.

−Apasionante historia. Las pocas veces que la has contado me ha sorprendido de igual manera tu inutilidad en el arte del robo y la estafa. Me interesa cómo pasaste las horas en esa reclusión; me lo contarás en cuanto vuelva de la cocina.

−¡Isidoro, acércame de allí, si la ves, mi cajita con la comida que me sobró del día de hoy! −Le gritó Azucena cayendo en la cuenta de ello.

Arnolfo entonces se sentó junto a su buen amigo Bieito al quedarse junto a él un hueco libre en los sillones. Miraron en un primer momento los grupos que se habían juntado; hablando estaban Sabina y Azucena, Abelardo y Olivia, y Mulvio e Isidoro se habían ido, como ya se ha dicho, a la cocina.

—Deja que me siente, Bieito. Escúchame. Ven aquí. Esta noche se me está haciendo eterna. ¿No piensas que la fiesta debería acabar aquí? De otra manera no sé si realmente me apetece permanecer en esta casa por más tiempo...

—¿Por qué piensas de ese modo, Arnolfo?

—No sé muy bien qué pensar de la gente que se ha juntado aquí hoy —expresó Arnolfo Rucellai—. Los Acciaiuoli no hablan, no me preguntes por qué... Esas dos, pues... hablan mucho, y María está callada; parece que estuviera orando en su propio Getsemaní.

—Y creo que Ada y Lulú siguen hablando y hablando por ahí... Bueno, míralos como lo que son, jóvenes haciendo más el imbécil que otra cosa, sin más atadura con lo trascendental que la que tienen con los desconocidos de la calle —explicó Bieito con cierta elocuencia—. No te preocupes, sé bueno con ellos y tus dolores no serán tan duros de llevar. No sé si entiendes lo que quiero decir...

—No se trata de eso. No sé. Estoy algo cansado de la violencia de siempre y del desorden que parece que reina en nuestro mundo.

—Tienes razón, pero, bueno, entiende que cada uno sobrevive como buenamente le permite su espíritu...

—¿Y no piensas que ha sido inapropiada la manera en que se ha portado mi esposa, Sabina? —preguntó Arnolfo con notable desasosiego.

—Es cierto que ha sido raro... No sé; si un consejo te puede dar mi experiencia, viejo como soy ya en los líos amorosos, es que no tiene sentido preocuparse por legislar las pasiones, porque vas a fracasar necesariamente...

—No, no lo intento...

—En ese sentido... —continuó Bieito Dietislavi haciéndole un gesto con las manos—. Debes resolver las cosas en su raíz y ver si vuestro cariño surge de manera natural o no. No sé si se me entiende. Pero inténtalo en la medida de tus posibilidades, porque creo que eres demasiado concienzudo para las obsesiones y obcecado para los principios, que en ti se hacen inamovibles. Quiero decir... Considera si a estas alturas os seguís amando con naturalidad.

—No me digas lo de siempre... —Arnolfo Rucellai temió recibir un sermón otra vez.

Irrumpieron en triunfo como a través de las puertas azules de Babilonia Mulvio e Isidoro con una caja rebosante de cosas para fumar, de todas las formas imaginables y de todos los tamaños. Había merecido la pena seguramente haber pasado horas con aquellas manufacturas, pues ahora esa cornucopia presidiría la mesa baja de la sala principal del palacio y de ella podrían saciarse todos los presentes sin preocuparse por el número de cigarros.

—Amigos, no se me ocurría otra manera de pagar vuestra compañía. Y aun esto es poco —Isidoro miraba la caja con los brazos en jarra y el pecho henchido—. Coged todo lo que queráis. Lo paga la familia de éste, como lo que trae como regalitos a las fiestas...

—Tanta queja... Si no os gustan yo me los llevo y aquí no ha pasado nada —dijo Mulvio Pitti provocativamente—. Venga, empezad a repartir, que nosotros ya hemos hecho suficiente. Sobre todo yo. Claro, ved qué gran amigo soy.

—Hay de todas las dimensiones y formatos: gordos o finos, para tragar humo o saborear, de un continente u otro, etcétera. Buenos por dentro y por fuera, entre sutiles y olorosos, y miro con malos ojos a quien no se lo parezca.

—¡Y eso que tú no fumabas! —exclamó Ada, para delicia de Isidoro Albizzi.

La escenografía llegaba entonces a su más sublime expresión con la elocuencia propia del Cenáculo pintado al fresco. Mulvio e Isidoro habían recreado verdaderamente una escena sin duda sugestiva.

—¡Mirad esa gran montaña de puros y de botellas! Cómo cantan los silenos… Los sátiros, ¡cómo cantan a estos dones de la tierra!

—¡Es el triunfo de Baco, la suspensión de las reglas!

—Apabullante nuestra entrega a la amistad… —Mulvio parecía abrumado consigo mismo.

—Sí, siempre —afirmó Isidoro de manera lacónica y majestuosa.

VII

Aquella noche fue en la que más bebieron los amigos y en la que más música sonó, mientras una tocaba el violonchelo otro cantaba el aria del conde Almaviva y mientras unos hacían ritmos, otra hizo sonar el carrillón mágico. Tomando conciencia de la bendición que son las amistades recrearon un momento de gran hermosura cantando en su azotea y ese día se convirtió tal vez en el más feliz de sus vidas, a pesar de los enfados y las tensiones. En ese momento lo tenían todo y algunos llegaron a llorar de dicha en una especie de contemplación de Dios, que fue la de su obra, la Catedral, que podían ver desde la terraza de la gran casa una vez la lluvia hubiera amainado.

Ahora bien, no estuvo exento el momento inmediatamente anterior de broncas producidas por los temerarios movimientos de Abelardo Pazzi, retando a la muerte por caída en patio al hacerse pasar por un funambulista que recorría el murete de la terraza. Eso ocasionó que Isidoro casi vomitara por reírse sin control.

Pero no todo iba a ser gracioso para todos. El "yo nunca" del moro maestro de ceremonias debía continuar fueran cuales fueran las consideraciones y así se hizo.

—¡Yo nunca me he fijado en los músculos de Mulvio! —soltó Abelardo.

Los demás se callan sorprendidos, pero no pueden evitar reírse dado que se trata de una proposición claramente dirigida a una persona en concreto. Beben todas las chicas, Ada, Azucena, Lulú, María y Olivia, menos Sabina; beben Isidoro, Abelardo y Girolamo. Por tanto, ante el enrarecimiento del ambiente,

Abelardo Pazzi haría alusión a que alguien no estaba bebiendo…
Alguien estaba siendo insincero.

—Vale, a ver, voy a beber porque entiendo lo que se me dice… Resumiré lo que pasó —Sabina Rucellai hizo acopio de toda la fuerza que tenía para pasar la prueba—. Nuestro amigo Abelardo ha dicho esa sentencia a raíz de lo que pasó un día: una de estas noches de cumpleaños, en las que mis padres solían permitirme traeros a la casa familiar (¿recordáis?) vino Mulvio por primera vez con vosotros; tened en cuenta que fue hace unas pocas semanas. Lo destacable es que en medio del ruido me puse a conversar con Lulú (a quien, por cierto, no se ha acusado también…)

—¡No, tienes razón, pero yo bebo sin complejos! —intervino Lulú Acciaiuoli entre risas, pues ya era comidilla de todos que sentía cierta atracción por el apuesto Mulvio.

—Lo dicho, que en medio de la fiesta me puse a hablar con ella sobre los invitados y cuando pasó Mulvio por delante, yendo a por vasos o a por lo que fuera, Lulú hizo un gesto obsceno y nos reímos, y precisamente en el momento en que yo le comentaba, digamos… lo guapo que era Mulvio… Y sí, también lo fuerte que estaba, se hizo el silencio y todo el mundo me oyó… Entonces; sí. Fui una patética. Pero, ¿acaso mentía cuando lo dije?

—¡No! Por supuesto que no, señora Rucellai —Abelardo metió su dedo en la llaga con la suficiente precisión como para que estallaran todos de risa.

—¡Lo que hay que aguantar! Dejadme en paz… —Sabina tampoco pudo evitar reírse, escondiéndose la cara entre las manos.

A pesar de lo chistoso de la situación, es verdad que Abelardo Pazzi no habría podido hacer un comentario más inconveniente, si hablamos del honor de Arnolfo Rucellai, quien seguía sumando incomodidades con su pareja, abocándose al récord en aquella noche.

–Pues de eso se trataba, no pasa nada –dijo Sabina–. La noche en cuestión fue aquella en que nos echaron del salón de baile, ya sabéis...

–La verdad es que no, ¿qué noche fue esa? –preguntó Isidoro por curiosidad–. Si se trata de una noche lejana es posible que yo no estuviera, que últimamente mi rutina es más la de un monje célibe que la de un muchacho...

Es necesario aclarar que en la noche referida, hace unos meses, los amigos habían acudido a divertirse a una improvisada sala de baile, un espacio realmente interesante donde se juntaban hombres y mujeres de toda condición y clase, y donde el protocolo social que articulaba la actividad ciudadana en el día a día apenas resultaba reconocible. Cuando un hombre quiso abalanzarse sobre Abelardo Pazzi buscando su afecto, éste lo apartó y lo confrontó bruscamente, de modo que por esa peleíta los guardias de la plaza desalojaron aquella celebración y desmantelaron aquel salón conformado por medio de palos y lonas.

De madrugada se encontraban, de este modo, los amigos sin saber muy bien qué hacer ni a donde ir, hasta que a alguno de ellos, sin recordar muy bien quién, se le ocurrió la buena idea de acudir a la mansión de Isidoro; todos estaban conformes con la decisión menos, evidentemente, Piero de Lorenzo, el esposo de

Ada Gokcin, mucho menos tras ver la cara de ilusión de ella ante la perspectiva de ir a casa del joven Albizzi...

Es cierto que los ojos como platos de la joven turca, la de las manos de cuidadora de pájaros, no ayudaron. Piero se negó a ir y puso al grupo en un compromiso amenazando con irse. Ada optó por la mejor salida posible, la rebeldía, una muestra pública de autonomía respecto a su marido, confrontando su inmadurez. La bronca estaba garantizada y cada uno se fue llorando a la casa en momentos diferentes, separados, tras más de una hora de gritos. Por más que los demás mandaban llamar a Isidoro éste no daba señales de vida, de modo que tuvieron que aguantar sin un techo toda la noche obligados, además, a consolar a cada una de las partes...

Esa noche fatídica quedó grabada en la memoria de todos, pero era una especie de tabú. En realidad, constituyó un golpe maestro de Isidoro Albizzi quien, simplemente estando dormido, había propiciado la crisis del matrimonio en su etapa de decadencia total.

—Ah, acabo de recordad... Abelardo, amigo... —Isidoro se aproximó al árabe con tiento y hablándole en voz baja–. No animes a que se hable de aquella noche... Por favor. A mí no me haría bien con Ada y no es apropiado recordar ese ridículo en la propia casa del gobernador...

—No tengas miedo Isidoro, que ese momento todavía no ha llegado —las palabras de Abelardo Pazzi estaban muy lejos de serle tranquilizadoras.

—Eso espero. En cualquier caso, voy a ir a hablar con Sabina, que la cara se le ha puesto un poco distraída y creo que está dolida por algo de este juego...

Sin mayor reparo el joven se acercó a ella para tranquilizarla. A menudo la cuestión no resuelta de la fiesta trágica de aquella noche creaba polémica; también afectó a Ada Gokcin, que dio la espalda al grupo y se marchó en silencio como un bufón de teatro, casi de puntillas.

—Isidoro, sé sincero conmigo... ¿Lo serás? Porque necesito preguntarte algo —solicitó Sabina Rucellai, quien se apoyaba bajo el umbral de una de las puertas con una ensombrecida expresión de recogimiento.

—Lo seré, querida —dijo él—. Dime lo que sea.

—No sé, Isidoro... no sé si me dirás la verdad...

—He dicho que sí. No tengas miedo.

—De verdad que no estoy segura... —Sabina persistía en su desconfianza, cosa natural, por otra parte.

—Sabina, escucha: somos amigos. Te diré cuanto quieras. Venga —insistió Isidoro Albizzi.

—Está bien. Verás, hace unos días sugeriste que debía jugar con habilidad en este tira y afloja que es mi matrimonio con Arnolfo; ya sé que tú concibes las uniones amorosas como competición y...

—Eso no es exactamente así —puntualizó el joven.

—Tú me entiendes —dijo Sabina—. Lo importante es tu opinión en lo que a continuación te voy a preguntar... A ver, ¿tú crees que Arnolfo me ama menos que yo a él?

—Amiga, sí lo creo y no debe ser razón para la infelicidad.

—Como sea, está bien. Eso era todo lo que había que saber.

Lo que siguió fue una dramática reacción por parte de ella, quien tuvo que marcharse llorando a la cocina al revelársele todos los miedos que cargaba a la espalda. Ante la mirada de todos Isidoro sólo pudo encogerse de hombros, la insospechada reacción que pudieran tener los demás respecto a él hacía que se le cerrase el estómago.

–¡Yo nunca he sufrido una adicción! –Abelardo dio un golpe de timón bastante hábil a pesar de su estridente embriaguez.

Todos miraron a María Pitti, claro. Todos menos su esposo Mulvio. Muchas veces se había hablado con ella sobre el estilo de vida decadente de los jóvenes ricos en relación con las drogas, en broma, en serio y en todos los registros que uno pueda imaginar.

–Pues bebo yo, si es lo que queréis... –María Pitti no poseía ya pleno control de sus sentimientos–. Este pasado año los otros jóvenes del distrito que gobierna mi padre han especulado con espacios de venta y permisos de exportación (no sé si lo he dicho bien...), de modo que muchas veces han acabado las cajas de opio y tabaco en sus almacenes, bueno, mejor dicho, en nuestros almacenes, porque yo siempre fui invitada allí de buena fe... No sé, no quiero obsesionarme con ninguna preocupación al respecto, así que, por favor...

–"Por favor" no. No puedes tomar ese tipo de cosas. Mi esposa no será una jovencita mediocre como las demás, que quede claro –intervino Mulvio Pitti.

–Discúlpame, pero, ¿no ves que sólo estoy participando...?

–Como sea, tú verás lo que haces con esa vida que tienes. Voy a beber más –dijo de nuevo éste, que ya tenía más dificultad en levantarse.

María quedó aniquilada, sin salida posible y todo el pecado de la tierra poseyó su cabeza durante largo rato. Las demás, aunque sintieron la vejación en sus propias carnes, no hicieron más que mirar atónitas cómo éste se dirigía a la cocina con la mirada perdida; volvieron su cabeza hacia María y, por no transmitirle una condescendiente compasión, miraron hacia el suelo casi al unísono en medio de ese afilado silencio. Hasta Abelardo Pazzi permanecía quieto de pie, con la mano en la boca, aunque reía.

A medida que pasó el tiempo acabaron Azucena y Abelardo yendo a expresarle su apoyo a María Pitti, la una, por sincera conmoción; el otro, por atento paternalismo.

—Necesito que me des un abrazo —rogó María al joven—. Tienes lo tuyo y a veces eres cruel, pero siempre has permanecido conmigo.

—Y seguiré contigo, María. No hagas caso. Ven. —Abelardo la consoló de esta forma.

—Dame un beso en la mejilla. ¿Sabes? Aunque en ocasiones os riais de mi yo os voy a querer siempre.

Abelardo Pazzi se le acercó al oído y, apartándole los cabellos, le susurró unas amorosas palabras:

—¿También querrás siempre a Isidoro?

María no pudo hacer más que apartar su cabeza mirándolo incrédula. El árabe se alejó regalándole a su amiga su sonrisa traviesa y nada más. Parecía que de repente se estaban plantando todas las semillas del mal en un segundo. Su marido volvió más calmado y ella le quiso recibir con un discreto beso, siendo la única salida visible ante esa situación…

En otro orden de cosas Arnolfo Rucellai salió al rescate de Sabina, que llevaba unos minutos ausente ya: anduvo hasta la cocina, cerró la puerta tras de sí y la gente vio cerrarse el cierre desde la parte de fuera. Allí pasaron largo tiempo… Sería mentira decir que fueron menos de dos horas lo que duró su conversación; en ella hubo sitio para todo, los reproches, los silencios, la resignación, las dudas, la inseguridad, el enfado, la reconciliación parcial y de nuevo las heridas abriéndose. No había nada que tanto Arnolfo como Sabina temieran más que su buena inocencia, si no con la penitencia, muriera con el desamor.

VIII

A medida que el amanecer se iba acercando poco más se supo de estos jóvenes, que se recluyeron en una de las habitaciones a penar amando, el uno con el otro, pero por lo que atañe al resto del grupo era notable la cantidad de bebida que habían tomado. Poco más podrían aguantar sus cuerpos y, como bien predijo Abelardo Pazzi con la introducción a su juego, ya no eran las mismas personas.

La incomodidad que producía el llanto de Sabina llegó a todos, su queja parecía destacar por encima de los sonidos a pesar de estar separados por paredes. La comida ya se había agotado y la caja de puros había visto su contenido menguado a la mitad.

—Hay que ver, qué desastre de matrimonio... Ya dije yo mil veces que lo estaban llevando fatal —analizó Girolamo Acciaiuoli.

—No sé si debes tú juzgar su amor —Lulú sintió el impulso de negar la pretensión de su propio marido, como suele pasarle a las parejas.

—¿Por qué la tomas conmigo?

—Venga ya... No quiero formar parte de este fingimiento tuyo por más tiempo —La joven parecía tener cambios en su humor cada vez más intensos—. Me siento ridícula...

—Mira, no sé. Estoy harto de estar triste... Pensaba que por un día podríamos actuar con normalidad y no fastidiarle la noche a nadie —Girolamo parecía no querer luchar más.

—Afronta nuestros problemas o deja ya la partida... ¡Dios! ¡Qué asco que no sepas aceptar todo lo que... en fin! Parece como si nunca me hubieses entendido.

—Ahora dirás que los hombres no somos empáticos con vosotras. Te conozco mejor de lo que crees y el victimismo resulta ser tu mejor herramienta últimamente —Girolamo aprendía poco a poco a no perder terreno con las mujeres, porque ya había perdido suficiente.

—Déjame en paz —se limitó a decir ella.

—Lulú, querida, no puedes...

—Me voy.

Una perspectiva no buena se cernía sobre las cabezas de algunos de ellos, como se puede apreciar. De hecho, también la confrontación política había calado en el ánimo de los presentes hasta hacerse explícita, en parte debido a los licores y las hojas fumadas; botellas sólo quedaban dos enteras y una a medias, mientras que la caja de los tabacos seguía menguando.

Todos estaban borrachos, cayendo como moscas en el grosero ajedrez. Girolamo llevaba su ebriedad, como era su costumbre, con desentonado entusiasmo, agitando sus manos al explicar con pasión las propuestas políticas de los nuevos humanistas a los que seguía.

—Girolamo, para de beber y hablar. Empiezas a sonar como gangoso... —Cosas semejantes le diría Abelardo, ante la cara amarga de su mujer, o lo que ahora fuera Lulú Fidenas.

—¡Yo nunca me he partido un diente por caerme! —exclamó el de siempre.

—¡Cielos, no te puedo creer! —Lulú no le creía capaz de revelar semejante historia—. Voy a beber, si es que puedo... A ver: cuando fue el cumpleaños de alguien, no me preguntéis quién porque no me voy a acordar, se organizó una cena en la que, por decirlo de alguna manera... había más licores y tabacos que comida como tal. Pues… (¿Cómo fue?) ¡Ah! Sucedió que de tanto beber yo, al levantarme bruscamente, ya podéis imaginar lo que pasó…

—Por poder, podemos… —aclaró Abelardo Pazzi—. Pero cuéntanoslo tú misma.

—Bien. Pues que perdí la conciencia, la sangre se me bajó de la cabeza y fui a aterrizar con una de mis paletas en la madera de la silla… ¡Un desastre! Porque estuve meses con un hueco negro en mi bonita sonrisa, siendo incapaz de hablar o reír sin taparme la boca con la mano. De tal modo que, ¡mirad! Ahora mi diente es de mentira, aunque no sé exactamente de qué material me lo han hecho…

Todos recordaron de repente aquellas semanas de horror en las que una de las jóvenes más hermosas de la academia padeció esa tara. Resultaba realmente difícil mantener los ojos en los de ella cuando tuvo el diente partido en una diagonal irregular, como una sierra de curtiduría.

—¡Sigamos! ¡A mí nunca se me ha caído la baba encima de alguna amante! —Curioso fue el cambio de formato por el que Abelardo Pazzi enunció el siguiente "yo nunca", que también iba dirigido a alguien específicamente.

—¡Madre mía! —se quejó graciosamente Isidoro Albizzi—. Hemos llegado a un punto de decadencia tal que ya no se hacen preguntas para conocer respuestas, sino por recordar todo lo vergonzoso que hicimos… Abelardo lo sabe todo. Es peligroso.

—¡Totalmente! —secundó María Pitti alzando la copa.

—Deja de quejarte y responde —Le apremió el árabe.

—Pues así, simplemente, estaba yo con mi querida Apolonia (¡Ay, Apolonia!) en alguna habitación, no recuerdo cuál, pero desde luego no la mía... En resumen, que del empeño que estaba poniendo y la concentración se me cayó la baba en la mejilla de ella... ¿Qué queréis? Tenía la boca entreabierta, claro... Por fortuna ella lo encontró gracioso y se limitó a ridiculizarme con sus compañeras de la academia de artes.

–¡Qué horror, por Dios, Isidoro! –La reacción de Sabina Rucellai hizo que los demás estallaran en carcajadas. Había vuelto la joven esposa al salón con el rostro rojo, los ojos entreabiertos, la expresión de feliz resignación y las lágrimas enjugadas. Se sentó en el brazo de una gran silla cruzando sus largas piernas.

–¿Acaso no hay nadie más al que le haya pasado algo similar? –Quiso saber Isidoro Albizzi.

Y al no obtener una respuesta afirmativa, desistió de su defensa aceptando públicamente su humillación, que celebró con un brindis y más bebida. Sin duda, este joven era uno de los que se encontraba ya al límite de sus fuerzas, que no eran muchas en materia de licores. Decidió ir a la cocina a relajarse bebiendo agua, por primera vez en esa noche.

Al salir Ada, la turca, de la cocina e ir a entrar Isidoro, sus cabezas chocaron las frentes sin quererlo al doblar la esquina en direcciones opuestas. Se echaron las manos a la cabeza por el ridículo, pero rieron y se miraron con un semblante inefable. Podía ser una de esas ocasiones divinas que se disponen en el camino de los más valientes, uno de esos "momentos" que no pueden darse por simple casualidad...

–Lamentable. Ahora te reirás de mí... –bromeó Isidoro Albizzi–. ¡Qué gran noche, estimada Ada, qué bien que pusiste tu casa! Gracias de corazón.

–No podía hacer menos por vosotros… –Ada no podía dejar de apretar los labios.

–Bueno, si no me dices nada más, te dejo. Estarás ocupada…

–¿Y qué más crees que puedo decirte?

–Si resulta que tengo que decirte lo que quiero que me digas… –dijo Isidoro, clavando la espada con insistencia.

–No sé, Isidoro. Las cosas son complicadas… Podemos seguir manteniendo esta… cosa nuestra, un poco rara, la verdad, pero si me pides algo… tendrás que ponérmelo más fácil –en la aparente inocencia de sus ruegos la turca liberal desplegaba su magistral dominio de la esgrima.

–Pues, simplemente, me gustaría invitarte a una cena, si te apetece, claro. Podrás escoger la que más te guste –propuso él.

–*Aham*. Posiblemente mate a alguien si paseo por ahí contigo. Pero sí, me gustaría mucho –Y ella le correspondió debidamente.

–¡Pues eso es perfecto! Sé que las cosas no están como para andar con descuidos… Veamos; si quieres yo marcharé antes que los demás… No sé, hacia San Miniato, por ejemplo, o donde prefieras. Allí podré esperarte hasta que vengas una vez acabada aquí la fiesta.

–¡Ah, por qué me gustará tanto meterme en problemas! –se quejó Ada con indecencia–. A propósito, ¿decías que habías estado a gusto en una noche como hoy? Pregunto porque para mí es importante ser una buena anfitriona para vosotros.

La turca le regaló una sonrisa prieta con el morro torcido y sus ojos chinos casi cerrados. Él mantuvo la compostura, pero se esforzaba por no ser blandito… Dentro de la camisa se le derritió el corazón.

—Ha sido una fantástica noche –dijo él–. Siempre es divertido cuando Abelardo trae sus juegos de beber.

—He ido pensando a medida que pasaban las horas en las primeras palabras que dijera él al poco tiempo de llegar... ¿Las recuerdas? Tenía razón cuando decía que esto no era un simple juego quizás... A lo mejor nos estaba avisando del poder transformador del "yo nunca". ¡Qué imagen recreó cuando dijo que saldríamos siendo a la vez otros y nosotros mismos! Me gustó. Supongo que será eso de las relaciones de representación, tema del que os he oído hablar en cierta ocasión (no me hagas hablar de conceptos del pensamiento y cosas similares, que sabes que yo no tendría mucho que decir; no soy como vosotros). En fin... Sí, sí. El punto justo, a mi gusto, entre diversión y desafío. Estimulante y muy interesante también, ¿no crees? ¡Ay, perdona! Ya te he colocado hábilmente uno de mis monólogos... ¡No paro de hablar!

Isidoro sólo pudo tomarla del hombro excusándola, mostrándose feliz él también, aunque con una sonrisa mucho menos bonita que la de ella, claro. Intercambió con la joven unas cuantas cortesías más en el tiempo en que se le fue diluyendo el brillo de sus ojos.

De esta manera los dos jóvenes, que casi no habían intercambiado un par de palabras a lo largo de toda la noche, suscribieron tácitamente su compromiso para/con el otro. Se verían una vez despuntase la luz del alba en los márgenes de la ciudad, cerca de los muros perimetrales.

Evidentemente, lejos de aceptar con madurez la decadencia del juego, incluso su necesario fin, el árabe tensó aún más la cuerda aquella noche y expuso la sentencia más dura de la velada: "¡Yo nunca he expulsado de la ciudad a alguna de las familias aquí presentes!" Mulvio bebió arrogante, como si sintiera el orgullo cívico corriendo por sus venas al ser el responsable del exilio de grandes mercaderes; Abelardo bebió, aunque con algo más de discreción... Bieito bebió también en señal de desafío, aunque después de pedir amablemente al joven Pitti que rindiera cuentas de sus actos, de exigirle una moderada explicación, no pudo evitar llenarse de ira y montar una escena que iría siendo cada vez más patética...

Cuando despertaron de su letargo, Ada e Isidoro se enteraron de que la discusión ideológica y política se había desencadenado en el salón e iba formando dos grupos diferenciados, muestra de las facciones enfrentadas en las instituciones y las calles de la ciudad: los que querían conservar el orden republicano y quienes abocaban la república hacia el gobierno personal.

—Sin entender nada, vosotros, como los judíos liberados que en el Éxodo siguieron a Moisés a través del desierto, no habéis tenido la fuerza ni el amor propio como para creer en lo prometido... Cansados, pensabais en aquellos guisos y aquellas cebollas que el faraón otorgaba a los presos que se destajaban e incluso perecían trabajando en sus obras. En vuestra flaqueza, no sé si habréis vendido vuestra vida o vuestra libertad, pero, desde luego, sí habéis vendido vuestra amistad ciudadana por unas míseras cebollas —Tal fue la elocuencia de Bieito Dietislavi, quien se dirigía a Mulvio ya explícitamente.

—No es momento ni lugar para tratar estas razones —replicó éste, despreciativo, sin disimular ser ya un auténtico adversario político— Las palabras y los votos de los dos consejos han ratificado ciertas políticas, las cuales no se pueden contravenir con la crítica populista que acostumbráis... Si no crees que el conjunto de representantes nos otorgase la legitimidad para legislar pregunta a tu amigo Girolamo, que estuvo allí presente.

–Tienes suerte de que no esté apoyando mi discurso, porque sigue llorando... –Se justificó Bieito.

–Pues cuando se limpie los mocos llamadle, a ver qué tiene que decir...

Arnolfo Rucellai vino a apoyar a Bieito Dietislavi una vez Sabina y él hubieron firmado una de sus treguas, también Isidoro Albizzi, quien a pesar de pertenecer a la facción más republicanista se esforzaba por mediar en las disputas de palacio; Abelardo Pazzi habría querido secundar las palabras y razonamientos de éstos, pero como cliente forzoso de Piero, el gobernador y dueño de la casa, desplegó sus dotes oratorias para justificar las reclamaciones políticas de la facción dominante, la suya y la de Mulvio.

Por su parte las mujeres quisieron mediar entre los más acalorados debates de los hombres, parándoles los pies cuando era necesario y reprendiendo cada una a su respectiva pareja. De por sí, ellas no demostraban interés por las cosas del gobierno, ni en público ni en privado, no solían conversar en profundidad con sus esposos de estos asuntos ni parecían decididas a aspirar a un cargo representativo.

De este modo, un rompecabezas de intrigas y conflictos se conformó también en el espacio del amplio salón del palacete y parecía difícil de resolver o abordar siquiera una de las múltiples cuestiones en disputa.

Durante veinte minutos o media hora las palabras se volvieron cada vez más confusas y se tuvo que confrontar algún que otro agarrón. En medio del pequeño disturbio se cruzaron los ojos preocupados de Isidoro y Ada, agarrados por lados opuestos al grupo de litigantes. Apenas un segundo bastó para que el joven recordara su compromiso y rápidamente se volvió para coger su pelliza y salir por la puerta en medio de esa confusión, sin despedirse más que con un gesto rápido de todos los amigos. Ella simplemente apartó la vista, pensativa.

IX

Unos diez minutos después, los insultos empezaban a envalentonar a los jóvenes de las grandes familias, pero todo se detuvo cuando se aporreó con fuerza la puerta de aquella casa aristocrática.

Pálida y rígida Ada Gokcin, la de las manos de pintora de vasos griegos, abrió los cerrojos y se topó con la figura del noble Piero de Lorenzo, acompañado de dos de sus guardias. La envalentonada silueta del marido le causó cierto estupor.

–Temía por que te hubiera pasado algo –Con la pasión justa el gobernador besó a su mujer y congregó a los presentes, cuyo aspecto estaba demasiado desaliñado–. ¡Por Dios! ¿A qué huele aquí? Atended, porque las cosas se han sucedido muy rápidamente: Finalmente ha estallado. La dulce majestad de mi ciudad está siendo atacada por los traidores… Contrariamente a su aspecto nobilísimo, las bandas campan a sus anchas por los grandes viales y los palacios de las familias están siendo saqueados. Puede ser el fin para nosotros, pero debéis huir conmigo; los pequeños gremios quieren acabar con nosotros…

–Pero, ¿qué está ocurriendo? ¿Qué pasa con mis propiedades? –Quiso saber Abelardo, nervioso, pero capaz de articular las palabras que los otros no podían.

–No es momento de explicaciones. Mirad. Varios carros custodiados… con escolta quiero decir, nos esperan abajo. Tuve el tiempo justo para disponer de ellos por vuestra seguridad, menos mal que tenía noticia del evento que se hacía en mi casa… ¡Rápido! Bajad y tomadlos; coged con presteza todo lo que os pertenezca.

Precipitadamente, mirándose unos a otros, aunque sin verse, hablándose sin mediar palabra y abrazándose sin contacto, bajaron por las escaleras señoriales, ante la confusa mirada de los sirvientes que ya estaban acostados y se asomaban por sus ventanucos desde sus pequeños habitáculos.

Lo que siguió no lo recordaban bien ni los propios miembros de aquel grupo y supondrían que todo fueron carreras escaleras abajo, organizarse en grupos para montar en los carros y despedidas rápidas de cara a irse ocultamente con la mayor premura.

Algo que sí se hizo esfuerzo en recordar fue el caso de Girolamo, quien tuvo que ser bajado al hombro por Abelardo... Había bebido tantas botellas que acabaría vomitando con terribles mareos; se lo encontraron semidesnudo en una de las habitaciones cubierto de sudores fríos. Pésima jugada para él en el juego del amor, del que quedaría excluido para siempre.

Lo tendieron boca arriba en uno de los carros cubierto por una manta roída hasta el cuello, por ver si la vista del cielo calmaba su espíritu. Pese a su enfado, Lulú se vio inundada de un sentimiento entrañable al verlo tan indefenso, de modo que iría cuidando de él durante toda la travesía que siguió, con la cabeza de éste apoyada en el regazo; Girolamo deliraba y parecía discutir de razones políticas de manera inconexa consigo mismo, con un ojo cerrado y el otro a medio abrir...

Todos, más o menos atropelladamente, huyeron del palacio, que horas más tarde sería asaltado por la multitud. Aunque no se produjeron tantos daños como los previstos, sí desaparecieron algunos objetos de valor, quedando la mayoría simplemente desordenados. Los jóvenes, por su seguridad, fueron protegidos en distintas cortes vecinas, aquellas en las que, por lo general, les guardaban respectivas simpatías, debido a negocios concretos o relaciones diplomáticas puntuales entre familias.

¿E Isidoro? El bueno de Isidoro Albizzi subía a pie fatigado por la colina donde había quedado con Ada Gokcin, con sus bolsas a la espalda, sufriendo algún resbalón que le hacía aterrizar con las manos en el húmedo césped. Por su parte ella huía con su esposo Piero al norte de la región, donde serían custodiados como príncipes por la tropa francesa; en silencio, lo único que pedía mirando al cielo es que Isidoro la perdonara y no pensase que ella mismo lo había abandonado.

Quizás eso se pueda exponer en otra historia... Por el momento, el joven enamorado esperaba allí con ilusión a su chica deseada sacudiéndose el frío de las extremidades. Allí quedó, mirando hacia la ciudad con una sonrisa de plena satisfacción.

−¡Piero, pequeño me resultabas para un poder tan grande! El de tu casa, quiero decir, no el de los funcionarios del estado; no pudiste si quiera ver que Ada no te quisiera. El rico puede, sin mayor esfuerzo, afrontar perder toda su riqueza, pero nunca, nunca a la mujer que ama. Huiré ahora hacia mis tierras con la turca liberal de la cual me enamoré. ¡Veremos si es cierto que la suerte ayuda al que apuesta!

Respiró hondo el aire de la fría madrugada en un momento en que la luz del sol ya teñía las lomas de los montes. Las torres de aquellos hitos urbanos más representativos se veían con la vista nublada, como ocurre siempre que se observan grandes cosas a grandes distancias; como una vez le diría Ada Gokcin a Isidoro, frase que nunca olvidaría, cuando era niña soñaba con llegar a las montañas azules del horizonte, sueño que vio roto cuando al alcanzarlas se topaba con que tenían el color común de todas las demás montañas.

—Deseo su boca gruesa… Sus brazos finos, su largo cuello, su andar relamido, deseo sus cejas negras… Su voz es voz de mujer, su olor es miel sobre hojuelas; su porte, el más esbelto que yo haya visto en muchos años… ¡Le pasaría la lengua desde los pies hasta el cuello! ¡Mejor que yo para hacerlo no hay nadie en toda Florencia!

Pronto posó de nuevo los pies en la tierra, incapaz de eludir la dualidad amorosa siquiera en sus ensoñaciones.

—Mas, ¿si falta a su promesa sin venir a verme a mí? Es cierto que me haría sufrir… Pero, ¡Isidoro, cambia esa actitud! Que, siendo débil, la espera malamente se puede convertir en mi humillación de Canossa particular… ¿Y si esta muchacha veleidosa se olvida de este pobre Albizzi? ¿Si se me ríen en mi cara los grillos sabiendo que no viniera?

Con un suspiro de más mira al suelo y echando una ojeada a ambos lados se tiende de rodillas en la hierba, como para tomar el té japonés, deleitado con la silueta de los tejados de la ciudad.

—¡Qué húmedo está esto! Bueno, ¡basta! Ya se me había olvidado lo bien que olía el prado por mi mala cabeza, obsesionado por mis muchas quejas indecentes… Parezco una mala chinchorrera…. Tengo el cielo, eso me debe bastar. Eso debe ser suficiente. Estrellas, sabio en el amor es quien espera y confía; brindadme la paciencia más tibia que podáis, que el que espera, desespera.